百瀬、こっちを向いて。

中田永一

祥伝社文庫

目次

百瀬、こっちを向いて。

1

大学卒業をひかえて、すこしの間、故郷へもどることにした。新幹線をおりて博多《はかた》駅のホームにたつ。寒さで体がふるえた。実家へむかう前に西鉄久留米《にしてつくるめ》駅で友人とあうことになっていた。まちあわせの時刻まで三時間あったので天神《てんじん》の町をぶらついていると、神林《かんばやし》先輩にあった。

「うわさで聞いたよ。今年こそ卒業できるんだって?」

彼女のお腹はふくらんでいた。大勢の人が白い息をはきながら行きかっている中で、僕たちは再会をよろこびあった。

彼女と知りあったのは、高校に入学して間もない、八年前の五月末のことだ。

＊＊＊

「あの人だよ。みんながうわさしてた三年生」

昼休みに売店で総菜《そうざい》パンを購入し、教室にもどろうとしていると友人の田辺《たなべ》が言った。

女子生徒の一群があるいていた。中でも背の高い女子生徒がきわだっていた。神林徹子《てつこ》。おなじクラスの男子がいつも彼女のことを話題にしていた。一年のクラスにまでうわさになってしまう女子生徒とはどのような外見なのだろうかと気になっていた。彼女の髪の毛は腰まであり、窓のそばを通ると光が表面をつたってかがやいていた。

「教室にもどろう」

田辺を肘《ひじ》でつついた。僕たちには縁のない人種だ。高校で一番の美人と、僕や田辺のような一般的な人間との間には何の接点もあるはずがなかった。

教室へもどり総菜パンを食べおえると、田辺は文庫本をとりだして読書をはじめた。僕はいねむりを開始しようと机に伏せた。目を閉じていると、頭に何かのぶつかる感触がした。まるめたプリントが床にころがった。

「そこで寝てんなよ。じゃまだろ」

男子の一人が言った。まるめたプリントをボールがわりにして野球をしていたらしい。

僕と田辺は教室で障害物のようなものだった。クラスの中心は活発な生徒に占《し》められており、僕や田辺のように薄暗い電球のような覇気《はき》のない人間は、じゃまにならない場所でひっそりとすごさなければならなかった。学力も運動能力も平均以下で、社交能力が五歳児以下、髪の毛もぼさぼさで服装もださださの僕たちがクラスの底辺でないわけがなかった。

＊＊＊

「先輩が子どもを産むなんて信じられないな」

喫茶店に入り僕と神林先輩はコートを脱いだ。年末セールのたれ幕をさげた天神のデパートが窓から見えていた。

「そう？　どうして？」

彼女は珈琲《コーヒー》を注文した。

「だれだってそうおもいますよ」

神林先輩にはつきあっている人がいる。その情報がながれたとき、あの高校で何人の男子生徒がため息をもらしたことだろう。

＊＊＊

「つきあってる奴がいるんだってさ。うわさだけどよ」

授業の合間の休憩時間に田辺と話していると、教室の中心あたりから男子生徒の声が聞こえてきた。嘘《うそ》、マジかよ、と別のだれかが言った。僕と田辺は目をあわせて聞き耳をたてた。

「だれだよ、先輩の彼氏って」

「ええと……」

男子生徒は友人たちにかこまれる。やがて彼はおもいだしたように口を開いた。

「あ、そうそう。宮崎《みやざき》って名前の人だ。ほら、三年のバスケット部。有名だろ」

＊＊＊

はこばれてきた珈琲に神林先輩が口をつけた。

「いつごろ生まれるんですか？」

ふくらんだ彼女のお腹を見て僕は聞いた。

「四月。桜の時期。うれしい、桜って好きだし」

神林先輩はお腹に手を置いた。

「桜の花言葉は、高尚《こうしょう》、純潔、心の美。その他、多数」

「先輩、あの日もそういうこと言ってましたよね。花言葉。ほら、四人であそんだとき」

あの日のことをおもいだして懐かしくなる。神林先輩はあの日、宮崎先輩といっしょにバスをおりて帰っていった。彼女は宮崎先輩とつきあっていたのだ。宮崎瞬《しゅん》。

神林先輩が彼とつきあっているとははじめてしったとき、僕はおどろいて、そして納得した。宮崎瞬か。なるほど。

＊＊＊

「ノボル、ひさしぶり」

下校途中、電車をおりて駅の改札をでようとしたら声をかけられた。ふりかえると、自分とおなじ制服の男子高校生が改札をでてきた。

「宮崎先輩」

「瞬兄ちゃんって呼べよ、昔みたいにさ」

彼とならんで駅の駐輪場へむかった。おなじ歩数をあるいていても彼の方が先を行く。足の長さがちがうからだ。駐輪場で僕は自転車を、彼は原付バイクをひっぱりだした。

「おばさん、元気か」

「元気ですよ」

「再婚の気配はない？」

「あいかわらず」

宮崎瞬は兄のような存在だった。家が近所で、母親どうしのなかがよかったからだ。母が家に帰れないとき、僕は宮崎家に預けられて彼の部屋に布団を敷いた。

「おまえがせっかくおなじ高校に入ったのによ、一年しかいっしょにいられないな」

宮崎先輩はヘルメットをかぶった。彼は来年で卒業して大学に進学する。彼の原付バイクは、旧型で所々にキズやへこみがあった。それでも彼がまたがるとレトロでおしゃれなものに見えた。先輩は原付バイクのエンジンを始動させた。

「この前、先輩がつきあってる人と、廊下ですれちがいましたよ。上履《うわば》きをかくされないよう気をつけてください。うちのクラス、神林先輩のファンがおおいんです」

宮崎先輩は苦笑してうなずいた。原付バイクのハンドルをにぎりしめて、発進しようと構えた。駐輪場のちかくにあった遮断機《しゃだんき》がおりて、警報を鳴らしはじめた。カン、カン、カン。高い音がひびいた。

「あ、そういえば……」

それまでわすれていたことを僕はおもいだした。

アクセルをまわそうとしていた宮崎先輩の手が止まった。

「一ヶ月前に先輩、この道を女の子とあるいてましたよね……」

カン、カン、カン。それはレンタルビデオショップから帰宅する途中のことだった。自転車にのって自宅へむかっていると、線路に面したところで遮断機がおりてきた。カン、カン、カン。その音を聞きながら電車が通過するのをまっていると、遮断機の反対がわを宮崎先輩らしい人影が横切った。僕は声をかけようとしてやめた。彼のとなりを女の子があるいていたからだ。宮崎先輩のつきあっている相手なのだろうと、そのときはおもった。しかしあれは神林先輩だったのだろうか。

「……その子、確か、髪が肩までしかありませんでしたけど」

髪の毛は一ヶ月で腰までのびるものだろうか。

音をたてて電車が通りすぎると、警報と赤い点滅は消えた。原付バイクのエンジン音だけが駐輪場にひびいていた。いつのまにか周囲が薄暗くなっている。

「おまえ、つきあってる子、いるんだっけ？」

先輩が口を開いた。

「僕が女子と？　まさか！」

「そうか。じゃあ、好都合だ」

何がです？　聞きかえす間もなく、宮崎先輩は原付バイクを発進させた。


三日後の昼休みに宮崎先輩が突然、僕のいる教室へやってきた。女子生徒たちが、出入り口にたっている背の高い先輩をふりかえって会話を中断した。彼はバスケット部のエースで、目立つ外見をしていた。女子の間では入学直後から話題になっていたらしいのだ。男子たちが神林先輩に夢中だったように。

「ノボル、話がある」

教室のかたすみにいる僕を手まねきして宮崎先輩は言った。クラスメイトたちが一斉にふりかえった。いっしょに本の話をしていた田辺は、「え、だれ？」という反応で先輩を見ていた。「ちょっと行ってくる」と僕は彼に告げて席をたった。

宮崎先輩につれられて行った場所は図書室だった。本棚の間をぬけて奥に移動すると、一人の女子生徒が僕たちの到着をまっていた。そこにいたのは神林徹子先輩、ではなかった。

＊＊＊

「相原《あいはら》君はどうしてあの高校を受験したの？」

神林先輩が窓の外を見ながら聞いた。天神の空は曇っており、今にも雪のふってきそうな気配があった。

「なんとなくです」

「瞬君がいたからじゃない？」

「そうかもしれません」

「あこがれてたんだね」

彼女はほほえんで僕を見た。それから僕たちは宮崎先輩の話でもりあがった。彼女の視点で見た先輩の姿が僕には興味深かった。彼女いわく、彼ほど変な人はいないそうだ。確かにそうだろう。高校生のくせに、会社の経営戦略やマーケティングに関する本を読んでいるなんて、よほどの変人にちがいない。

「あのころから瞬君、お父さんの会社のこと、かんがえてたんだよ」

＊＊＊

「相原君、ちょっといい？」

宮崎先輩に図書室へよびだされた翌日。登校して教室に入ると女子数人に話しかけられた。

「宮崎先輩と家がちかいって、ほんとう？」

「うん、そうだけど……」

僕は女子にかこまれて先輩とのつながりを説明させられた。彼女たちは宮崎先輩についての情報をなんでもいいから求めていた。誕生日、靴のサイズ、子どものころの髪型。朝のホームルームがはじまってようやく僕は解放された。一限目の授業がはじまるころ、わすれていた懸案事項をおもいだした。

「どうしたの、おちつきがないね」

昼休みのことだ。昼食を購入するため購買にむかっていると、友人の田辺が心配そうに言った。彼はおだやかな気性の持ち主で、体内時間もゆったりながれているのか、のそり、とした話し方をする。まるで象か鯨《くじら》が話しているようだった。外見もまた象か鯨のように大柄で、いつも背中をまるくしてあるいていた。

「休み時間も様子がおかしかったけど、何かあったの?」

田辺はあるきながら、のそのそと聞いた。購買は校舎一階のかたすみにあり、普段はしずかな廊下も昼時だけは喧噪《けんそう》に満ちていた。

「実は、君にだまっていたことがあるんだ……」

彼は高校に入ってできた唯一《ゆいいつ》の友人だ。なぜ僕が彼以外にしたしい人間をつくれずにいたのかは言うまでもない。人間レベルがおそろしく低いからだ。

人間レベル。それは、外見と精神の良し悪しを総合したものである。たとえば宮崎先輩や神林先輩が90前後のレベルだとすると、僕の場合はレベル2程度。外見は凡庸《ぼんよう》で性格も暗い。人間レベル、という価値観を頭の中につくってしまうほど暗い。だからレベル2。なぜレベル1ではないかというと、自分が最下層グループに位置していることを自覚しているだけマシだからだ。

中学時代の三年間、僕はクラスの底辺にいて、おなじように底辺に存在するレベル5以下の友だちと漫画《マンガ》やゲームの話ばかりしていた。人間レベルの高い者たちは、僕のように人間レベルの低い者を障害物としてあつかった。

　高校に入学して三日目に薄暗い電球のような気配をただよわせている田辺を教室で見つけてぴんときた。人間レベル2。自分とおなじ種類の奴を発見。勇気をふりしぼって話しかけてみると、やはりウマがあった。みんなに馴染《なじ》めないのは自分だけじゃないんだ。女子にもてないのは僕だけじゃないんだ。田辺のおかげでそうかんがえることができた。

「君にだまっていたことっていうのはね、田辺君……」

　つづきを言いかけたとき、後ろから声をかけられた。

「相原君?」

　ふりかえると女子生徒がたっていた。野良猫《のらねこ》のように挑戦的な目つきの少女である。

「百瀬《ももせ》……!」

　僕はさけんだ。百瀬陽《よう》。それが彼女の名前だ。挑みかかるような目つきは、視線があうとひっかかれてしまいそうでこわかった。彼女は肩までの髪の毛をいじりながら言った。

「ちょうどよかった、いっしょにごはん食べようか」

僕の制服の裾《すそ》を手でつまんでひっぱった。百瀬の出現に僕はあわてた。田辺が説明を求めるような顔で僕を見た。

「実はその……」

人生の中で自分がそのような台詞《せりふ》を口にするとは想像もしていなかった。

「今までだまってたけど、この子とつきあってるんだ……」

田辺が質問をかえす前に、僕は百瀬をふりかえった。

「友人と食事がしたいんだ、悪いけど」

「残念。じゃあ、あきらめるよ。今日の授業、何時ごろおわる?」

「四時くらい」

「そのころ屋上にいるから、よびにきて。いっしょに帰ろう」

百瀬は手をふって、体重などないかのような足取りで階段をのぼっていった。僕と田辺は廊下につったって彼女を見おくった。百瀬が見えなくなってから僕は田辺に頭をさげた。

「ごめん、何となくだけど」

「……かわいい人だったね」

ごめんよ。僕は心の中で彼に謝罪した。彼の胸中が僕には想像できた。僕が彼の立場だったなら、置いてきぼりにされる恐怖におびえていただろう。世の中には一生、女の子と縁がなく、手をにぎることもできない人間が存在するのだ。田辺と僕は、自分たちが女性に縁のない人々の一員であるという自覚を持っていた。人間レベル2とは、そのような運命を背負ったかなしい存在なのだ。メスカマキリに喰われてしまうオスカマキリみたいに、それはもうかなしい存在なのだ。

＊＊＊

「そろそろ帰らないと。ここ、私が払うね」

神林先輩は喫茶店の伝票をつまんでたちあがろうとした。ありがたい。さすが資産家の娘。しかし僕は彼女をひき止めた。

「もうすこしだけ、話をしていきませんか」

＊＊＊

一日の授業がおわって僕は屋上にむかった。百瀬は屋上の日向《ひなた》に寝そべってウォークマンで音楽を聴いていた。校内にそういったものを持ちこむのは校則違反だったが、彼女は気にしない性格のようだ。

「おそいよ！」

僕に気づくと、彼女はイヤホンをはずしてたちあがり、制服についたほこりをはらった。

ならんで階段をおりて廊下をあるいた。右手の指にひやりとした感触がある。百瀬のほそい指が僕の指にからんでいた。女子に免疫《めんえき》がないので、指が接触するなどという行為は致死《ちし》性の高いものだった。指をほどこうとすると彼女が抵抗した。そうしているうちに、しっている顔の男子生徒とすれちがった。ふりかえって確認すると、彼もまたこちらを見ていた。

「今のだれ？」

百瀬が聞いた。

「……クラスメイト。話したことはないけど」

「どうしてクラスメイトなのに話したことないの？」

「クラスメイトだからって、全員と話すわけじゃないだろ？」

というか大半の人と話なんてしたことがない。

「相原君って、変わってんだね」

百瀬が感心していた。なんだその反応。

靴をはいて校舎をでた後も指をからませてあるいた。僕たちは恋人なのだ。こんな風に皮膚《ひふ》と皮膚をふれさせてあるいていても、逮捕されないのだ。そう自分に言い聞かせる。それにしても、となりを女子がおなじ歩幅であるいているというのは妙なものだった。空はよく晴れていて、野球部のだれかが金属バットでボールを打ちあげる甲高《かんだか》い音が遠くから聞こえてきた。すがすがしいきもちになる。

校門をでて駅の方角にすこしあるいた。

「じゃあ、この辺でおわり」

いきなり百瀬は僕の指をふりほどいた。僕からすばやく数歩の距離をとって背中をむけた。

「あー、きもちわるっ」

「人をばい菌《きん》みたいに……」

「だってさ、あんた、手汗がすごいよ？　指をくっつけてるだけで、しめってるのがわかるよ？」

彼女はハンカチをとりだして手をごしごしとぬぐった。

「なんだよ！　自分から手をつないできたんだろ⁉」

「学校の外では話しかけないでくれる？」

百瀬は僕をうすぎたないものでも見るようににらんだ。

「外で神林先輩にあったらどうするんだよ」

「まちあわせに遅れるから、もう行くね」

彼女はそう言いのこして走りさった。

この後、あの人にあうのだろう。百瀬がひそかにだれとつきあっているのか、それをしっているのは僕だけだ。学校にいる全員、そして神林先輩も二人のことには気づいていないのだ。


「このことは、俺たちだけの秘密だ」

昼休みによびだされたとき、宮崎先輩が図書室でそう言った。彼のとなりには肩までの髪を持つ女子生徒がたっていた。いどみかかるような、野良猫をおもわせる瞳だった。一ヶ月前に遮断機のむこうがわを宮崎先輩とあるいていた少女だと、すぐに気づいた。

「こいつと俺が駅のホームで話しているところを、だれかに目撃されたらしくてね」

それはある晴れた日曜日、僕や宮崎先輩の家のもより駅でのことだったらしい。

「そのうわさが広まって、うたがいを持たれてる」

少女の自宅は高校をはさんで正反対の地域にあった。彼女がなぜ、日曜日にあの駅にいたのだろう。もちろんそれは、宮崎先輩にあうためだ。

つまり宮崎瞬という男は、神林徹子とつきあっていながら、他にも恋人がいるのではないか？

世間にながれた憶測《おくそく》は真実だった。

「そこでノボルにたのみがある」

おさななじみのおまえが、こいつとつきあっていたとする。それなら、こいつがあの駅にいたとしてもおかしくない。こいつはおまえにあいにきたんだ。おさななじみの恋人なら、俺と顔なじみでもおかしくない。ばったり駅のホームであって、いっしょに電車をまっていたとして、何かおかしいところがあるか？　もちろん、おまえとこいつがつきあっていたと仮定したらの話だけどな。

宮崎先輩の話を、すぐに理解できないでいると、先輩の横にいた女子が口をひらいた。

「ようするに、私とあんたが恋人どうしという演技をして、神林先輩のうたがいをそらすってわけ。かんたんでしょう？　私の名前は百瀬。百瀬陽。よろしく」

いまだかつて女子としたしくなった経験のない僕にとって、それは荷の重すぎる作戦だった。

2

あらゆる面で僕と百瀬は正反対だった。たとえば学校の廊下をあるくとき、彼女は腕をふってまんなかをつきすすんだ。一方で僕は猫背気味になってこそこそとかたすみをあるいた。

「図書室に行くんでしょ？　こっちの方が近道じゃん？」

百瀬がわたり廊下を指さした。

「きみ、目が悪い？」

「両目とも2・0」

「あそこにあつまっている人たちが見えないのか？」

わたり廊下には髪の毛を染めた不良生徒たちが大勢あつまっていた。そこをぬけようとすれば彼らの改造した制服の間をかきわけてすすまなければならなかった。

「冗談よしてよね！」

百瀬はあきれた様子で僕の手首をつかむとわたり廊下をすすみはじめた。僕は壁のでっぱりに指をひっかけて抵抗したが無駄だった。

「ねえ、ちょっとそこ、どいて！」

百瀬が不良生徒に声をかけた。財布《さいふ》を教室に置いてくればよかったと後悔した。しかし彼らはこづかいを請求することなく彼女と僕に道を開けた。

「ありがとう」

百瀬はそっけなく言って不良たちの間をすすんだ。

「なあ百瀬、そいつ何なの？」

ガムを噛《か》んでいる不良生徒が僕を指さした。

「見ればわかるでしょうが」

百瀬が腰に手をあてて不良生徒に胸をはった。

「いや、わかんね」

不良生徒は首を横にふった。わかんね。わかんね。他の不良生徒たちもおなじようにした。

「あ、わかった。痴漢《ちかん》をつかまえて職員室まで連行してるんだろ」

不良生徒の一人が、ひらめいた、という顔つきで言った。

「もういい。行きましょう、相原君」

百瀬はそう言うと僕の腕をひっぱって再びあるきだした。わたり廊下をすぎてようやく声がだせた。

「あの人たちとは知りあい？」

「屋上で煙草《たばこ》をすすめられた」

中学生活の三年間、生徒手帳の規律《きりつ》に違反したことがない僕には縁遠い世界の話だ。

「かんちがいしないでよ。授業はさぼるけど、煙草はことわった。不良のなかまってわけじゃないからね」

あらためてよく見ると彼女の服装に規律違反はなかった。そういえば女子高生が身につけていてもおかしくないアクセサリーの類《たぐい》さえ見られなかった。髪の毛もまっ黒で、特徴的なのは爛々《らんらん》とかがやいている瞳だけだ。彼女はまるで野生動物のようにシンプルな格好良さを持っていた。

最初の一週間はとくにたいへんだった。学校でいかにもつきあっていますよというふりをはじめたものの、女子生徒に免疫のない僕は、百瀬が正面に腰かけたり、となりをあるいたりするだけで赤面した。はずかしいので距離をとったりすると、誰もいない場所につれて行かれて、「それだとつきあっているように見えないじゃんか！やる気あんのかよ！」という風にがらの悪い口調で文句を言われた。

いっしょに学食でうどんをすすりながら、音楽や映画や本の話をした。話はなかなかつづかなかった。僕の趣味は漫画を読むことで、彼女の趣味はスポーツ観戦だという。テレビの野球中継さえ見たことない僕が、彼女と何の話をすればいいのかわからない。それでもおたがいのクラスメイトに恋人どうしだと認知されるためにはなかよくおしゃべりをしている必要があった。

「そもそも、あんたと何の話をしろって言うの？」

「こっちが聞きたいよ」

「たまにはおもしろい話をしろよ！」

「百瀬がいつも怒ってるのに、そんなのできないよ」

「だれが怒ってるって⁉」

学食でむかいあってすわりながら、あるいは廊下をあるきながら、そんな会話をした。でも顔だけは、無理矢理にわらってみせて、なかがよさそうにしなくてはいけない。

「さすがにつかれたよ……」

百瀬は、屋上の転落防止用フェンスによりかかり、がくっと頭をたれた。屋上に風がふいて彼女の髪をゆらした。六月はじめの放課後のことで、つきあっているという演技をはじめて二週間がすぎようとしていた。

「宮崎先輩とは、いつもどこで話してるの?」

僕は彼女に聞いた。共通の話題がひとつだけあった。それは先輩についてのことだった。

「電話とか」

「それだけ?」

「二週間に一度、あって話をするくらい」

二人の関係について想像をふくらませた。人にかくれてつきあうなどという面倒なことがよくできるものだ。僕たちは宮崎先輩についての話をぽつりぽつりとかわした。彼はサッカーをしても野球をしても常にヒーローで、近所に住む子どもたちにとってあこがれだった。そんな話をすると彼女はうれしそうにしていた。「これ宮崎さんが買ってくれたのよ」と言いながら百瀬はそばに放っていた鞄《かばん》の中から森鷗外《もりおうがい》の『舞姫《まいひめ》』という本をとりだした。僕が鞄にとりつけてあるキーホルダーを指さして

「これは小学校のとき宮崎先輩からもらったものなんだ」と説明すると、彼女は僕の鞄をひったくってキーホルダーをはずして「これは私がもらっとくからね」と言った。

「そろそろ帰るか」

うれしそうにキーホルダーをながめながら彼女は階段のほうにむかった。僕はため息をつきながら彼女をおいかけた。

一階の廊下をあるいている最中、百瀬が僕の右手をにぎりしめて、顎《あご》でさりげなく前方をしめした。正面から宮崎先輩のあるいてくる姿が見えた。彼のとなりに、一度見たらわすれられない例の女子生徒がいた。

神林徹子先輩。あらためて見ると彼女は百瀬と対照的だった。あるき方が全然、ちがっていた。百瀬は躍動《やくどう》するようにあるく。一方の神林先輩はおちついた物腰で、茶《さ》道《どう》や華《か》道《どう》に長《た》けた人物をおもわせる。もしも僕の人生が漫画だったなら、百瀬登場シーンの背景には野良猫が敵を威嚇《いかく》してシャーッと鳴いている絵が描かれるだろうし、神林先輩登場シーンの背景には美しい生け花の絵が描かれていることだろう。

「よお、元気か？」

宮崎先輩が立ち止まって僕に聞いた。神林先輩もあるくのをやめて彼の横にたった。二人ともなみはずれた外見をしていたので対面すると迫力があった。人間レベル90以上。テレビドラマに出演できそうな攻撃力の外見を備えている。廊下を通りすぎる生徒たちまでが、いったいどういう奇跡のカップルだよという表情で二人をふりかえった。

「はあ、なんとか生きのびてます」

緊張しながら宮崎先輩に返事をした。僕は神林先輩の顔が見られなかった。僕と百瀬の演技は、彼女のうたがいをそらすために行われている。彼女の前でだけはミスをしてはならないのだ。舌をうごかす筋肉がひきつりそうだった。

「相原君?」

神林先輩によばれて、僕はどきりとした。

「瞬君から聞いてるよ」

彼女が僕にほほえみかけた。肩がふるえそうになる。彼女の視線がおそろしかった。硬直して返事できないでいると、百瀬が僕の背中をバンと平手打ちした。

「口が半開き!」

「ごめん」

「この馬鹿、いつもこうなんです。きれいな人を見るとね」

百瀬は鞄の角で僕の脇腹をぐりぐりと押した。

「やめろ、やめろって」

「うるさい、死ね」

神林先輩はおかしそうに目をほそめていた。わらった子どもの顔のように、何もかもを浄化《じょうか》させるような表情だった。彼女は百瀬にむきなおり、声をかけた。

「あなたが百瀬さん?」

「なんで名前、知ってるんです?」

「それは……」

神林先輩は宮崎先輩と視線をかわした。

「まあ、こっちの話だ」

宮崎先輩が、ばつの悪そうな表情をした。その横で神林先輩ははずかしそうにしており、百瀬と宮崎先輩との間に疑念《ぎねん》を抱いている様子はなかった。彼女の反応から推測した。おそらく彼女は、すこし前まで宮崎先輩と百瀬の関係をうたがっていたのだ。そして今はもううたがいは晴れている。僕と百瀬がつきあっているという、つくられた事実が彼女の前でゆるがないかぎり、彼女のなかで宮崎先輩の言葉は真実なのだ。

「じゃあ、またな」

宮崎先輩があるきだした。神林先輩は僕たちにかるくお辞儀《じぎ》をして彼の後を追った。

「やさしそうな人だったね」

二人が廊下をまがって見えなくなると、百瀬はつぶやいてあるきだした。校門まで僕たちは無言だった。おたがいにおなじことをかんがえていたのだろう。神林先輩に対する罪の意識だ。

その晩、自宅にかかってきた電話は、宮崎先輩からだった。

「あのキーホルダー、まだ捨ててなかったのかよ」

キーホルダー？

「今日、百瀬にとられただろ。俺がガキのころにあげたやつ。いつまでも持ってんじゃねえよ。はずかしいだろうが」

百瀬から聞いたんですね。

「さっき、あいつと電話したんだ。……今日はありがとうよ」

百瀬が助けてくれなかったら、しくじってたかも。

「神林の誤解、なんとか解《と》けたから。でも、まだもうしばらく、つづけてくれないか」

　僕と百瀬が、急に他人どうしになるのは不自然ですからね……。

「すまない。変なことたのんじまって」

　神林先輩、いい人そうでした。

「あいつは、子どもみたいに、うたがうってことを知らないからな……」

　僕と百瀬が嘘の恋愛関係をむすんでから一ヶ月がたった。その間に日本は梅雨入《つゆい》りして梅雨明けして急激に暑くなった。七月に入るころ、僕は神林先輩と廊下ですれちがうとき挨拶《あいさつ》をかわすようになっていた。辞書で得た知識によるとこれは顔見知りという関係ではないだろうか。クラスメイトの男子たちは僕のことをうらやんでいるようだった。以前の自分ならこのハレンチな関係に興奮して神林先輩とかわした言葉を一字一句日記帳に書きとめてにやついていたかもしれない。しかし先輩と話すときに感じるのはよろこびではなく、胃がいたくなるような演技の重圧だった。

　一方で百瀬も神林先輩と挨拶をするようになっていたが、彼女には僕とちがい度胸《どきょう》と機転のはやさがあるらしく、先輩との応対をそつなくこなしていた。一度、二人がならんでたっている場面に遭遇《そうぐう》した。百瀬は自然なふるまいで会話しており、神林先輩はすっかり彼女にだまされて話にひきこまれていた。まるで二人は旧知の関係のようになごんでいた。

「ダブルデートって、どうおもう?」

授業の合間の休憩時間に屋上で百瀬が言った。肩までの髪とスカートの裾が風でゆれていた。デートというのはつまり、男女が日時を決めてあうことで、それがダブルということは、二組の男女がいっしょに外をぶらつくという行為にちがいない。

「ああ、あれね。漫画とか、ドラマとか、フィクションの世界で描かれることだよね」

「今度の日曜日に決行。昨日、宮崎さんから言われた。神林先輩が、四人であそびたがってるんだって」

「一日中、四人でいるわけ?」

僕の虫けらのような度胸には過酷《かこく》すぎる試練ではないか。

「いやならこういうこと最初からひきうけなければよかったんだよ」

百瀬はミミズでも見るような目で僕を見た。

「やるよ、もちろんじゃないか」

気乗りしないが、返事はきまっている。

「へえ、みなおした」

百瀬がめずらしく僕にほほえんだ。形のいい目がほそめられて、唇の隙間《すきま》から歯が見えた。

拒否なんてするはずがないのだ。宮崎先輩のためなのだから。

日曜日まで三日の間があり、その期間に僕と百瀬は準備をした。

「きみは駅で僕の生徒手帳をひろって、それを届けにきたんだ。これでどう？」

「え、届けないよ。ベンチかどこかに置いとくとおもう」

となりにすわっている百瀬の肩が、電車のゆれにあわせて僕の肩にあたる。窓の外を田園風景が真横にながれていた。いつもなら学校をでてすぐにわかれるはずだったが、その日、デートの準備をするため百瀬は僕の家までついてくることになった。なんとしてでも僕の私服をチェックしたいと彼女が主張したのだ。

電車の速度がおちてきて、駅のホームに止まった。おりる駅のひとつ手前だった。

「生徒手帳をひろってアイデアに固執《こしつ》しすぎ」

百瀬がため息をついた。

「じゃあ、他にどういう方法で女子と出会うんだよ」

どのようにして相原ノボルと百瀬陽は出あい、つきあいはじめたのか、という設定を僕たちはかんがえていた。神林先輩から質問されたとき、おたがいの思い出に齟齬《そご》があってはいけない。あらかじめ口裏をあわせておく必要がある。しかしレベル２の僕は何かのマニュアルにそったような設定しかおもいつかないのだ。

「こういうのはどうかな」

電車がしずかに発進した。むかいの窓の風景を彼女は見ていた。

「ある日曜日に中学三年の私はいとこをつれてスーパーに行ったわけ」

「いとこ？」

「まだ三歳くらいの、女の子。その日、スーパーで迷子になっちゃうわけよ。店内をさがしまくったけどいない。夕方になっても見つからない。きっと店の外にでてしまったんだって、店員さんと話して警察に電話してもらった。私は気が気じゃなくて、スーパーのまわりをさがしまわっていたんだけど……」

次第に電車の速度はあがっていき、がたん、ごとん、という音ははやくなっていった。

「私はあるきつかれていたし、アヤちゃんが心配で頭が混乱していたのよ。人目をはばからずに大声で名前をよんでた。そしたら、男の人が近づいてきて、何かあったんですかって聞かれたわけ。そいつが変な男で、片手に『経営戦略の基本』って本を持って読みながら道をあるいていた。事情を話したら彼もいっしょになってさがしてくれたの。それから二時間、さがしまわったの。そしたらもうすっかりまっ暗よ。あの子は誘拐《ゆうかい》されたのかもしれないし、事故にあったのかもしれないってかんがえてた。あの人は私をブランコにすわらせて一人でさがしに行って、私のそばに彼の持ってた本がほっぽりだされていて、ためしに読んでみたらページのいたるところに赤線がひいてあって……」

すこしの間、がたんごとん、という音だけが聞こえていた。

「で、どうなった？」

「あの人は、いつかおおきなことをするとおもう」

「うん、昔から、迷子をさがすのがうまい人だったよ、宮崎先輩は。それよりも何、『経営戦略の基本』って」

「知らない。海外で商品をつくりたいけど、円安だからまだむずかしいって力説してた」

これまで見たことのない、やさしい表情だった。僕は、百瀬の横顔から目をそらした。電車が停車して、僕たちは駅のホームにおりた。

駐輪場にとめていた自転車をひっぱって、家までの道のりをあるきはじめた。畑以外に何もない田園地帯の道である。

「この辺にはきたことある?」

彼女は宮崎先輩の家がある方に顔をむけた。

「何度かね」

やがて僕の家に到着した。百瀬を家の前にまたせて僕は玄関をぬけようとした。彼女がよび止めて聞いた。

「中に入っちゃ駄目なの?」

その質問は想像を絶していた。

「仕事が休みで、母さんが家にいるんだ」

「まあいいじゃん」

彼女は制止する僕を無視して勝手に家へ入った。おじゃまします。家の中には母がいてどうやらテレビを見ていたらしい。百瀬の声を聞いて居間を飛びだしてきた。ノボル君の友人です。百瀬は勝手に自己紹介した。母はよろこんだ。僕が女の子を家まででつれてきたのははじめてだったからだ。僕が豆電球レベルのかがやきしか発しておらず女の子にもてないことは母も承知していた。そしてあきらめていた。だから母は百瀬に、お寿司《すし》でもとりましょうかと言った。

「気にしないでください。すぐにかえります。デートにきていく服をえらびにきただけなんです」

百瀬の言葉は真実だったが、物事の詳細を知らない母は勝手によろこんだ。母は百瀬を僕の部屋に案内した。僕の抵抗はむなしかった。

「私の部屋の百万倍はととのってる……」

部屋をながめまわして彼女は意外そうにつぶやいた。僕は彼女の部屋を想像したが百万倍という数字がおおきすぎて無理だった。母と百瀬は僕の部屋のたんすを開けてデート用の服をえらびはじめた。これでもない、あれでもない。服と僕をてらしあわせながら相談した。自分の部屋に母以外の人間がいてたんすを開けているという現実味のなさに僕はめまいを感じた。物心ついた子どものころ以来、家の中は僕と母の二人しかいなかったのだ。僕と同年代の女子が家の中にいて、母と話しているという光景は奇妙だった。

百瀬は母といっしょに夕飯の準備をした。すぐかえると言ったくせに服えらびは難《なん》航《こう》をきわめ、百瀬は結局、我が家で夕飯を食べていくことになったのだ。母は出前の寿司を注文した。母と百瀬は波長があったらしく沈黙の瞬間がないほどしゃべりつづけていた。

「この子が女の子をつれてくるなんてねえ」

正直、その台詞は聞き飽きた。しかし、心からよろこんでいる母の表情というものをひさしぶりに見たので、なんだかもう、どうでもいいやという気がした。

食後に駅まで百瀬をおくった。すでに田園地帯は暗闇《くらやみ》にしずんでいた。転々と道にたっている電灯だけが道の存在をおしえてくれた。

「お父さんの顔、おぼえてる?」

「全然」

「お母さん、いい人だった」

「ありがとう」

「私のこと、ほんとうによろこんでたみたいだったよ……」

嘘なのにね。たぶん、二人ともおなじ言葉を飲みこんだ。

話しているうちに駅へついた。改札でわかれるとき、彼女は逡巡《しゅんじゅん》した後で僕に手をふった。僕もてれくさかったがおなじようにした。彼女の背中が見えなくなるまで僕は改札の前にたっていた。

翌日の朝、一年二組の男子生徒が僕のいる教室を訪ねてきた。運動部に所属しているような格好いい男子生徒だった。おまえ、百瀬とつきあってるのか、と彼は聞いた。うなずくとその男子生徒は不躾《ぶしつけ》な視線で僕の全身をながめた。こんな奴が百瀬と……。彼の視線は無言で語っていた。

「私のほうでも、似たようなことあったよ。三人組の女子だったんだけど」

百瀬が僕の髪の毛に鋏《はさみ》をあてながら話した。屋上にふいている風が、切られた髪の毛を持ちさった。

「相原君のどこがいいの？　って真剣な顔つきで聞かれたわけ。返答に困ったよ。私の方こそだれかに教えてほしいよ！」

ジョキン、と小気味《こきみ》のいい音をたてて、僕の髪が散った。髪型が気に入らないので切らせなさい、と百瀬が主張したのは昼休みに学食でカレーを食べているときだった。屋上に移動して僕は散髪されることになった。彼女がどこからか調達したエプロンを首に巻かれてフェンスのそばにすわらされた。最初は心配したが彼女の鋏のつかい方はなかなかだった。

「しょうがないから、ナメクジみたいなところがいい、ってこたえておいたよ」

「あ、そう。ひどいね、きみ」

「ほめ言葉だよ」

「どこが。かるく死にたくなったよ」

七月の空は頭上に高く広がっていた。屋上には僕と彼女しかおらずグラウンドからの声も遠い世界から聞こえてくるように感じられた。散髪をたのしんでいるのか、百瀬は口笛をふきはじめた。僕は話しかけずに雲を見あげていた。ぼさぼさだった髪の毛がすこしずつ削《けず》られていき、頭のかるくなっていく感じがした。眠気におそわれてあくびをする。目を閉じると自分の体が空へうかびそうだった。恋人がいるという気分はもしかしてこんな感じなのだろうか。

「ああ、ほんとう、かるく死にたいねえ」

僕は空にうかんでしまいそうなのをこらえた。

「ナメクジはうそだよ。ちゃんと、ほめておいたから。相原君はああ見えて、度胸があるんだよって」

「もっと死にたくなった」

「なんでよ、馬鹿じゃないの。ほら、できたよ。ハンサムにはほど遠いけど」

そう言って百瀬は僕に手鏡をわたした。

昼休みがおわり、僕は午後の授業に出席した。席についてしばらく先生の話を聞いていたが、やがて息苦しくなり、前傾姿勢になって耐えた。おまえのきもちは錯覚《さっかく》だ。そう自分に言い聞かせた。おまえは演技にのめりこみすぎているだけなんだよ。だからもう感じるな。いっしょにいてたのしい、うれしい、といった気持ちを遮断するんだ。この騒動がおわったら、またおまえは一人になるんだからな。

3

宮崎瞬。

彼の父親が経営していた紳士服店のことをよくおぼえている。小学校低学年のとき宮崎先輩につれられてあそびに行った。郊外《こうがい》型の広い敷地面積を持つ店だった。みがきあげられた床に銀色のラックやハンガーがならんでいた。僕と宮崎先輩は店の裏手で服のつまった段ボール箱をはこぶ手つだいをすることもあった。

店に宮崎先輩のお父さんがいて、店員に混じって自ら接客をしていた。働いている店員はみんなお父さんのことが好きらしかった。国民から慕《した》われている王様のように見えて、宮崎先輩と僕は、お父さんのことを尊敬のまなざしで見た。その店は宮崎先輩のお父さんがわかいころに創業したもので、お父さんの人生そのものだった。

中学生になると宮崎先輩は私立の中学へすすんだ。彼は勉強と部活にいそがしくなり、僕とあそびにでかけることはすくなくなった。僕たちはいつからか道ですれちがう以外に顔をあわせなくなった。

人生の中でスポーツ観戦をしたことが一度だけある。高校に入学してすぐのころ、バスケット部の部長をつとめている宮崎先輩の試合を覗《のぞ》きに行ったのだ。チームは先輩にボールをパスし、うごきにあわせて移動した。あつまっている女子生徒たちは先輩を一時も見逃すまいとしていた。試合のながれも、観客たちの歓声も、体育館の床をふるわせる靴音やボールの音も、すべて宮崎先輩を中心になりたっていた。試合が終了し、チームの勝ちが決定すると、先輩はチームメイトたちとよろこびあっていた。みんなから信頼されているその姿が、かつて見た先輩のお父さんとだぶって見えた。

試合を観た日の夜、僕は風呂場でひさしぶりに足の傷痕《きずあと》をながめた。傷は左の足首から膝《ひざ》までのびていた。湯気の中で僕は古い記憶をひっぱりだした。

足の痛みと、凍《い》てつく寒さ。僕は小学二年生のとき死にかけた。自転車で大冒険に出発した日のことだ。転んだ場所がいけなかった。そこは民家のある集落から遠くはなれた、人気のない筑後川《ちくごがわ》ぞいの道だった。道は急な土手の上にあったので、僕はチエーンのはずれた自転車といっしょに斜面をすべりおちた。土手の下は筑後川の縁まで見わたすかぎり何もない川原だった。ながされて角のとれた灰色の石が地面を覆《おお》って、植物の存在しない世界はさびしげだった。土手をあがろうとしたが、足に激痛がはしり、身動きすることもできなかった。

地面に横たわったまま暮れていく空を見あげた。星がまたたきはじめたころ、足の痛みは消えて、指先の感覚もなくなった。真冬にもかかわらず軽装だった僕は命の危険を感じた。喉《のど》のかれるまでさけんだが助けはこなかった。やがて歯がカチカチと鳴りはじめて、声をだすこともできなくなった。

後に聞いた話だと、いつまでも僕が帰ってこないので母は心配して交番にかけこんだらしい。近所中の親達が総出で僕をさがしまわっていたという。しかし彼らは僕のいた地域よりも遠い場所をさがしていたそうだ。

病院のベッドで僕はめざめた。左足には重いギプスがはまっており、身うごきしようとすると痛みがあった。となりのベッドに宮崎先輩がねむっていた。ベッドの下には泥だらけの彼の靴がころがっていた。母がおしえてくれた。深夜の零時《れいじ》ごろ、僕を背負った彼が家のチャイムを鳴らしたのだそうだ。僕を背負ってきた彼は、そのままつかれはててたおれてしまったのだという。

西鉄久留米駅には巨大なバスターミナルがあり、西鉄バスが一日に何百台と通過していた。その日、まちあわせ場所の駅に、宮崎先輩と神林先輩、百瀬と僕は集合した。私服姿の神林先輩や百瀬は新鮮だった。一方は図書室が似あうような格好で、もう一方は体育館が似あうような姿だった。それにしても休日にあつまっている男女混合のなか良しグループなど、スプラッタ映画で殺害されるために登場する役柄でしか見たことがなかったので、殺人鬼にだけは気をつけなくてはとおもった。

すれちがう女の子が宮崎先輩をふりかえっていた。彼の姿は人の目を惹《ひ》きつける。ならんであるいていると、通行人の視線は僕を通りすぎて彼にむかうので、自分が透明人間になったような気がした。

「髪型、変えたな」

宮崎先輩が言った。

「百瀬さんに切ってもらいました」

僕は背後を意識した。数歩の距離を置いて百瀬と神林先輩が話しながらあるいていた。昨晩、緊張でなかなか寝つけなかった僕は、何度もあくびを連発した。

映画を観ようと言ったのは宮崎先輩で、それに異論をはさむ者はいなかった。『刑事ジョン・ブック／目撃者』のチケットを購入して久留米スカラ座という映画館に入り、次の回の入場をロビーでまちながら僕たちは話をした。話題はこれから観る映画のこと、好きな俳優、記憶にのこっている台詞だった。基本的に僕と神林先輩は聞き役で、宮崎先輩と百瀬が話す役だった。宮崎先輩が好きだと言った男優を、百瀬はきらいだと言った。俺たちはどうも趣味があわないね。そうみたいですね。二人は困惑《こんわく》気味に話して、僕と神林先輩はわらった。

内心で僕はわらっていなかった。これは神林先輩をだますための嘘なのではないか。二人ともひそかにつきあっているわけで、それならおたがいにどこか趣味のあうところを感じているはずだろうから、どうも趣味があわないねという困惑ぎみな言葉は嘘だったのではないか。会話が行われるたびにそのような裏読みがくりかえされ、僕にはこれが過酷なスポーツのようにおもわれてきた。寝不足もあいまって、僕はきもちわるくなってきた。

「どうしたの？　顔色が悪いよ？」

神林先輩が僕に聞いた。彼女は子供のように澄《す》んだ目だった。

「昨日、ねむれなかったから……」

「あっちで休もうか」

百瀬が心配そうな様子で言った。宮崎先輩と神林先輩をのこして僕たちはロビーのすみにあるベンチへ移動した。ならんで腰かけて気づかっている百瀬はどう見ても僕の恋人だった。遠くからこちらを見ている二人の先輩を意識しているのだろう。

「なさけないなあ」

「しょうがないだろ、僕はレベル2なんだ」

「何のことよ」

彼女の手が僕の腕にのせられた。手のひらの熱が皮膚をつたって体内に侵入すると、緊張してこわばっていた心が解かれていった。呼吸がおちついて、僕は楽になった。だれかの体温とはこんなにも人を安堵《あんど》させるものなのか。だからみんな、恋愛がどうのこうのと言いやがるのか。さてはそうなんだな。そんなことをかんがえていると、映画のはじまる時間になった。

西鉄久留米駅二階に飲食店のならんでいる場所がある。映画を観おわったあと、駅にもどって、『甲子園《こうしえん》』というお好み焼きの店で昼食を食べることにした。そこは僕と宮崎先輩にとって思い出の店だった。小学校低学年のとき親にないしょで電車にのって何度かおとずれたことがあったのだ。

「この店、私もよくきたよ。親と駅前にきたら、お昼はここだったな」

四人分のお好み焼きがはこばれてきた。この店は店員が焼いたものをはこんでくるシステムなのだ。

「私だけ知らなかった。なかまはずれの気分よ」

神林先輩がそうつぶやいた。

もちろん、店のことだ。他の意味をふくんでいるはずがない。その証拠に、お好み焼きを口にはこんだ神林先輩は、おいしい、と言ってにこやかな顔をした。彼女に僕は恋愛感情などというおそれおおいきもちを抱いていなかったが、表情や言葉にすいよせられた。彼女の反応はすなおで、年上なのにもかかわらず、親がかわいい娘を見守るようなきもちにさせられた。

宮崎先輩が彼女についてこう話していたことをおもいだす。あいつは、子どもみたいにうたがうってことを知らないからな。今、無心に食べている目の前の彼女はちいさな女の子のようだ。

「お好み焼きを食べたの、はじめてよ」

食べおわって神林先輩が問題発言をした。

「お祭りの屋台とかで、買いませんでした？」

百瀬の問いに神林先輩は首を横にふった。

「店で食べたりもしなかったと」

僕の問いにも彼女は首を横にふる。

「予約のいる店にしかつれて行ってもらえなかったんだよな」

「うん」

宮崎先輩の言葉に彼女はうなずいた。神林先輩は地元で有名な資産家の娘なのだ。自宅に何台もの外車を持っているという、現実感のない人だったのだ。僕と百瀬は神林家の暮らしぶりについて聞きこみをした。

「私が小学生のときの話なんだけど。時々、お菓子を持ってうちにきていたおじさんがいたの。私、そのおじさんの持ってくるお菓子が好きだったのね。でも、その人がどんなお仕事をしていて、父とどんな関係だったのかは知らなかったわけ」

社会科見学で県庁に行ったとき、小学生の神林先輩は、廊下でそのおじさんに遭遇した。あ、お菓子のおじさんだ！　おもわず彼女がさけぶと、引率《いんそつ》の先生は青ざめた。なんとお菓子のおじさんは県知事だったのだという。

昼食後に僕たちは公園をぶらつくことにした。大勢の家族づれがいて、おだやかな空気がながれていた。ベンチを発見した宮崎先輩が、映画の感想を話しながら腰かけた。映画はシンプルで奥のふかい内容だった。四人とも満足し、映画の感想で会話をつなげることができた。なるほど、映画を見ることにしたのは、共通の話題をつくるためだったのかと理解した。それに、映画を見ている二時間は会話せずにつぶせるし、神林先輩の前でボロをだすこともそれだけすくなくなる。映画を見ようと提案した宮崎先輩は、すべて計算していたのかもしれない。

僕がトイレをさがしにたちあがると、私もと言いながら神林先輩もたった。彼女と二人でトイレをさがしてあるいた。そのころには演技をしているという緊張がゆるんで、僕と彼女はほんとうの友人のように話ができた。

「さっきの映画って、変な題名よね」

神林先輩があるきながら言った。

「アーミッシュって存在を、はじめて知りました」

宗教上の理由から近代文明と関わらずに生きる人々がアメリカの一部の地域に存在していて、彼らはアーミッシュとよばれている。彼らの村には電話もなければ車もない。移動には馬車をつかい、衣服も質素《しっそ》である。『刑事ジョン・ブック／目撃者』という映画は、偶然に殺人事件を目撃したアーミッシュの子どもを守るため、主人公の刑事がその家庭に身をひそめるという話である。主人公は近代文明からの異邦人、アーミッシュの村は前近代的社会、それらの異文化交流をする様がおもしろかった。

「黄昏《たそがれ》の中で、子どもの母親と主人公がキスするシーンおぼえてる？」

アーミッシュが外部からきた人間と恋におちるのは宗教上の違反だ。それをわかっていて子どもの母親は主人公のところにはしっていく。

「ほんとうにおこり得るでしょうか」

僕は彼女に聞いた。異なる文化、歴史、宗教観を持った二人が抱きしめあうことは、あるのだろうか。映画の中にあったそのシーンが目に焼きついていた。

「黄昏の中なら、まあいいんじゃない。神様もゆるしてくれるのよ」

神林先輩は能天気な口調で言った。なんだからうらおもてのない、天使みたいな表情だった。そして花壇《かだん》の前で立ち止まると、神林先輩は花をながめながら唐突《とうとつ》に花言葉を説明してくれたりもするのだった。この日曜日を、きっとだれよりも彼女がたのしんでいるにちがいない。僕は友人として彼女のことが好きになり、そのぶんだけ自己嫌悪におちいった。

僕と神林先輩がトイレに行っている間、花壇におちていたゴムボールを百瀬が見つけてひろっていた。どこかの家族づれのわすれものにちがいない。それはまだ新品で、泥もついていなかった。公園の広場で僕たちはキャッチボールをした。宮崎先輩と百瀬にはすぐれた運動能力があり、僕と神林先輩にはそれが欠如《けつじょ》していた。神林先輩は運動に適さない服装だったというハンデを差しひいても上手とは言えなかった。しかしもちろん、そんなことで彼女の人間レベルが低下することはないのだ。

キャッチボールはのどかな公園の雰囲気《ふんいき》によくあっていた。つづけているうちに連帯感がうまれた。ずっと昔からこの四人でボールのやりとりをしていたようなこころよいきもちだった。そのうちに百瀬がいきおい余って強くボールを投げた。宮崎先輩がとりそこねて、ボールは車道の方にころがった。ボールの上を車のタイヤが通過し、ぷしゅっと空気のぬける音がした。

「持って帰ろうとおもってたのに……」

つぶれたボールをながめて百瀬は言った。僕たちはかえることにした。バス停にむかってあるくあたりから百瀬は口数がすくなくなり、会話に混じろうとしなくなった。

バス停のそばに『ほおずき市』というたれ幕がさがっていた。会場はすぐそばにある植物園前の広場だった。バスの到着まで二十分も間があったので僕たちはほおずきの鉢植えに見入って時間をつぶした。バスが到着したころ空は赤くなりはじめていた。僕たちは車内最後尾の座席に横一列ですわった。発進してしばらくたったころ、神林先輩が手のひらの上に提灯《ちょうちん》のようなほおずきのふくらみをのせてながめていることに気づいた。

「おちてたのをひろったの。瞬君にあげようとおもってさ。はい、これ」

彼女はとなりに腰かけた宮崎先輩にほおずきをわたした。ちなみに、空気をはらんだ赤色のふくらみの正体は、ほおずきの実ではなく、がくの部分であるらしい。神林先輩は植物が好きなのか、そんなことまで知っていた。宮崎先輩はほおずきのふくらみをすこしながめて僕に言った。

「俺は西鉄でおりて神林を見おくるから」

西鉄久留米駅のバスターミナルは大勢の人でごったがえしていた。宮崎先輩と神林先輩はそこでおりて人混みの中へ消えた。僕と百瀬は二人がいなくなった後も最後尾の座席に腰かけていた。

百瀬は窓際によって外のビル街をながめていた。おたがいに無言で、つかれ切ったような空気がたちこめていた。バスが停車するたびに車内の人は減っていった。外が暗くなると、車内の蛍光灯《けいこうとう》がついた。

「平気でいられるとおもう?」

百瀬がつぶやいた。窓に彼女自身の顔がうつりこんでいた。

「あの人が最終的にえらぶのは、きっと彼女なんだから」

いどみかかるような目のかがやきはそのときの彼女になかった。心臓が冷えていくようなきもちで僕は座席にすわっていた。このいびつな関係を、百瀬は割り切っているのだと、僕はおもいこんでいた。そのさばけた性格で、まあ、しかたないか、と。でも本当は、きっとそんなこと、できやしないのだ。

「キャッチボールしてるとき、たのしかったな。全員がただの友だちだったらいいのに」

僕たちはJR久留米駅でバスをおりた。閑散《かんさん》とした駅前の広場を、百瀬はだまりこくって足早にあるきだした。僕は彼女を追いかけた。

「こないでくれる」

百瀬は前をむいたまま言った。

「でも、僕も電車にのるし」

「じゃあ、もっとはなれてよ」

彼女は駅構内に入り、見えなくなった。駅のホームで彼女にあうのが気まずいので、駅前広場で時間をつぶしてから改札をぬけることにした。タクシーのり場付近にいると、暮れていく空が頭上に広がっていた。

いくつかの記憶が頭の中をよぎった。死にかけた川原の寒々しい風景。こごえながら見あげた冬の空。僕を助けて、たおれこんだ宮崎先輩が、翌日の昼に病院のベッドでめざめたときのこと。

大人になったとき何になりたい？

小学生の宮崎先輩は質問した。

俺は父さんの店を継ぐんだ。ノボル、そのときはおまえを雇《やと》ってもいいよ。

レベル2の僕は、いつも宮崎先輩にあこがれて生きてきた。ずっと尊敬している。彼が何かまちがったことなどするだろうか。

クラクションを鳴らされた。タクシーの運転手が僕をにらんでいたので、歩道のすみに逃げこんだ。通りすぎる人たちがクラクションのはげしい音にふりかえって僕を見ていた。はずかしいやらなさけないやらだった。泣きそうになるのをこらえていると、声をかけられた。

「相原君……？」

男が立ち止まって僕を見ていた。私服の彼とあうのははじめてだったせいか、すぐには誰なのかわからなかった。高校でできた唯一の友人だったのに、百瀬と話すようになってからは疎遠《そえん》になっていた、もう一人の薄暗い電球、田辺がたっていた。

4

駅付近にあるドーナツ店でむかいあってすわり、僕はこれまでの経緯を田辺に話した。昼休みに宮崎先輩によびだされて、図書室で百瀬を紹介されたこと。神林先輩と宮崎先輩、そして百瀬の関係。彼らの三角関係の中に、僕が入りこんでしまったこと。田辺は口をはさまずに聞いてくれた。

「だまっていてごめんな。彼女なんているはずないだろ」

僕たちはおたがいに似たような立場を歩んできた。人間レベルが一桁《ひとけた》の人生。僕たちは平凡以下の容姿をしている上に、学力があるわけでも、運動能力が高いわけでもない。おまけに社会適応能力は五歳児以下。女子に好かれるはずもなかったし、話しかけられることもあるわけがなかった。このまま女子としたしくならないまま人生をおえるかもしれない。百瀬と知りあう前はそうおもっていたし、田辺もまたおなじようにかんがえていただろう。

「髪型がいつもとちがうよね。なんか、ととのってる」

田辺が僕の頭を指さした。

「一昨日《おととい》の午後もそうだっただろ」

「そうだっけ？」

「百瀬が切ってくれたんだ」

そのときの、屋上のあたたかさをおもいだした。

「演技はもう限界だな」

「どうして？」

「これまで通りにできる気がしない」

「百瀬さんのことがほんとうに好きになったんだね」

僕はわらってしまいそうになるのをこらえた。

「あんなやつ、知らなけりゃよかった。ずっと他人だったならよかったのに」

彼女はなんてことをしてくれたんだろう。ほんとうにひどいことを百瀬はしてしまったのだ。僕と手をつないで、母と話してくれて、髪を切ってくれるなんて、罪深いにもほどがある。思い出のひとつひとつが、後で僕をどん底につきおとすにちがいない。僕にとっては猛毒だぞ。僕はもう弱くなってしまった。一人でいることが普通であたりまえのはずだったのに。

同意してくれるのは、おなじように女子と縁のない人生をおくる田辺だけにちがいない。僕たちは高望みせず自分に見あった人生をおくらなければいけないのだ。慎《つつ》ましく、あこがれることなく、好きにもならず、貝みたいにじっとしていること。迷惑がかからないように、自分がだれかの視界にはいっていやな感情を抱かせないように、ひっそりとしていること。自分の人生が豊かではないことに疑問を抱いてはならない。だって人間レベル2だぜ。そんな自分が人とおなじようにできるなんておもうなよ。夢なんて見てみろ。ひどい目にあうことはわかりきってるじゃないか。でも田辺は首を横にふった。

「きみはそう言うけどね、僕はそうおもわないよ。だって、そういうの、素敵なことじゃないか」

彼はあきれたように、スロウなテンポで言った。

「尊《とうと》いことだよ」

「僕の体験したことが？」

「大切にするべきことだ」

彼の声は確信に満ちていた。

「そんな馬鹿なことってあるか。こんなの、知らないままの方がいいに決まってる」

僕は十年後も二十年後も、十五歳だったときのことをおもいだして胸を痛めるのにちがいない。本来なら、そんなもの、感じずにすんだものを。

「僕は知りたいけどな」

田辺が言った。

「うまれてから一度も、まだ僕は知らない。きみが言う、そのきもちをね。いつか自分もその病気にかかるのかな。そのとき、自分はなんて無知だったのかっておもうのかもね。後悔するほどつらいのかも。でも僕はその感情を知りたいね」

「鏡を見ろ。僕たち、身の破滅だ。きみが言うそいつは怪物とおなじだぜ。胸の中で暴れだしても、どうにもできない代物《しろもの》だ。体がばらばらに食い散らかされてしまう」

「怪物だって？　そんなの、はじめて聞いた。どこの動物園にいるのかおしえてほしいよ。だって、そいつをひと目でも見てみたいって、僕はおもってるんだから」

僕はあきれた。でも不快ではない。うつむいている僕に、田辺が言った。

「百瀬さんに連絡してみたら？」

ドーナツ店をでて駅のホームにむかった。田辺は逆方向の電車にのることになっていた。

「ありがとう」

電車にのりこもうとする田辺に僕は頭をさげた。彼にあわなければ、僕はもう百瀬のことをわすれて宮崎先輩や神林先輩とも距離を置いていたかもしれない。

「きみはほかにも、解決しなくちゃいけない問題がある」

「わかってる」

僕はうなずいて決心をかためた。僕がのるべき電車もホームに入ってきて、田辺とわかれた。

自宅にもどると、居間の電話で宮崎先輩の自宅に連絡を入れた。

自転車を道端に止めて土手にたつと、筑後川にうつりこんでいる月が見えた。川原には土手から川縁まで植物は見あたらず石しかない。ふしぎなことに、子どものころ見たとき感じたようなさびしい雰囲気はなかった。自転車をのこして土手の斜面をおりてみた。このあたりで僕は気絶したのではなかったかな、という場所をあるいてさがしたがよくわからなかった。

時計が深夜零時をさしてまちあわせの時刻になった。遠くから原付バイクの音が聞こえてきた。ヘッドライトの光が土手の上をすべってきて自転車のあたりで停止した。

「なつかしいよな。あれ、何年前だっけ」

宮崎先輩は土手の急斜面をおりながら言った。

「八年ぶりです」

宮崎先輩はちかくにきて周囲を見わたした。土手の斜面から虫の鳴き声があたり一帯にこだましていた。こごえるような風はもうふいていない。

「土手をあるいてたらさ、おまえの呼吸する音が聞こえたんだ」

八年前の冬、僕が家にもどってこないと知り、大人たちは集落中をさがしまわった。宮崎先輩も捜索にくわわろうとしたが、子どもだからという理由で留守番させられた。だから彼は、ただ一人で夜中に寝室をぬけだしたのだ。今、僕がいるのは彼のおかげだ。いつもそうかんがえて生きてきた。

虫の声がやんでしずかになった。僕たちはいっしょに川原をあるいた。砂利《じゃり》を踏みながら水辺にちかづくと、川のながれる音がおおきくなり、水辺のにおいにむせた。

「もうわすれろよ」

宮崎先輩は白い月光を横顔にうけていた。

「俺に恩《おん》を感じて、無茶なこと、ひきうけてくれてるんだろ。でもな、もうわすれていい時期だろ」

「今でも尊敬してます」

「俺は神様じゃない。言うことにしたがう必要ないって。俺、おまえを利用してたんだ。恨《うら》めよ。俺はおまえのことを、便利なやつだとおもってるんだからな」

うつむいて彼の顔は影がこくなった。

「よびだしたのは、百瀬とのことで話があったからだろ?」

土手には街灯も民家もない。月の明かりだけが、ながれの波紋《はもん》にくだけてかがやいていた。

「大人になっても瞬兄ちゃんのことわすれませんから」

「だからさあ、俺、そんなに良くできた人間じゃねえって」

川原の石が靴の裏がわで軋《きし》む。おなじ歩数であるいても先輩の方がいつも先を行く。足の長さが原因だ。

「これから店に行ってみないか。子どものころ、いっしょにあそんだ親父の店だよ。事務室でちょっと、やりたいことがあるんだ」

川原から店までの距離を宮崎先輩の原付バイクに二人のりをして移動した。夜の風を頰にうけて人気のない田園地帯を滑走《かっそう》しながら、僕と先輩はアホの子どもみたいに「ワー!」と声をあげた。町の郊外にある宮崎紳士服店の駐車場に到着して原付バイクをおりるとき、僕たちはすっかり小学生時代にもどってわらいころげていた。

「さびれてるだろう?」

店の勝手口を開けながら宮崎先輩が言った。店の鍵は原付バイクのキーホルダーにとりつけられていた。すこし見ない間に、先輩のお父さんが経営していた紳士服店は様子が変わっていた。どこかうすよごれた印象があり、子どものころは巨大に感じられた店がちいさなものにおもえた。

先輩が事務室の電気をつけた。大勢の行きかっていた事務室が、今では半ば物置のようになって、段ボール箱が積みあがっていた。経営がうまくいってないらしい、という印象だった。

「大学に行って、経営について学ぼうとおもってる。親父の手つだいをするんだ」

僕に椅子《いす》をすすめながら先輩が言った。宮崎先輩は僕の正面にすわり、会社経営に関する今後の計画をおしえてくれた。彼はいくつかのアイデアを持っており、後は資金を調達するだけなのだと話した。

「何もかも、だいじょうぶだ。俺はうまくやる男だ。そうだろ、ノボル?」

「そのとおりです」

宮崎先輩はたちあがると、ほこりをかぶった事務机のひきだしから、ノートとボールペンをとりだして、文章を書きはじめた。

「子供のころはたのしかったよな」

「よく、ここにあそびにきましたね」

窓は室内の明かりをうけて鏡のようになっていた。そこに宮崎先輩と僕の姿がうつりこんでいた。いつのまにこんなに背がのびたのか。宮崎先輩が文字を綴《つづ》っているかすかな音が聞こえた。

やがて先輩はページを破り丁寧《ていねい》におると、両手でにぎりしめた。手紙の中へ祈りでもこめるように、彼はすこしの間じっとした。

「地図を書くから、おまえ、今からこの手紙、届けに行ってくれないか」

「どこに？」

「百瀬の家」

僕たちはまた原付バイクに二人のりをして、土手にもどった。彼の後ろをはなれて、僕は自転車にのりかえた。

「あいつに、よろしく言っといてくれ」

「はい」

僕は宮崎先輩に見おくられて発進した。自転車を二十メートルほどすすめてふりかえってみると、原付バイクにまたがった先輩の影が、まだ土手にたたずんでいた。

三時間後、地図を見ながら百瀬の家をさがしあてたとき、すでに東の空が明るくなりかけていた。地図と『百瀬』という表札と門のむこうがわに見える民家を見くらべて、そこが百瀬陽の家にまちがいないことを何度も確認した。ほどよく周囲に田園があり、街灯やしげみがあり、そこは僕の家と似たような一軒家だった。

自転車をこぎつづけて僕の足は疲労の極限に達していた。普通にあるくこともままならず、生け垣につかまってよろけながら彼女の部屋の下に移動した。宮崎先輩が地図に注意書きでしめしてくれた通り、道に面した二階のガラス窓に黄色のカーテンがかかっていた。

「百瀬！」

まだ世間の人は寝ている時間だ。めいわくにならないよう、小声でよびかけてみたり、小石の粒《つぶ》をひろって投げたりしてみたが、カーテンは閉じたままだった。

しかたなく塀《へい》をのぼることにした。塀と家の壁との間はせまい。上にたてば彼女の部屋の窓を直接にたたくことができるはずだ。この体力ではむずかしい作業だったが、なんとかのぼることができた。

「百瀬、おきろ」

鼻先にきた窓ガラスを指先でたたいた。窓ガラスのむこうで黄色のカーテンがゆれて、ほそく開けられた。目をしょぼしょぼさせたパジャマ姿の彼女がガラスのむこうがわに見えたとき、両足の疲労はきれいさっぱり消えた。

「相原君？」

彼女がおどろいて窓を開けた。

「あんた、何やってんの！」

「手紙を届けにきたんだ」

「手紙？　わけわかんない！　そんなの、郵便局の仕事でしょ！」

「切手がはってないんだよ」

手紙をとりだして百瀬に見せると、彼女は僕と紙片を交互に見た。

「下に行くから、そこおりてまってて」

彼女は窓辺をはなれて奥にひっこんだ。言われた通り塀をおりてたっていると、ドアの開く音がして、パジャマ姿のままの百瀬が草履《ぞうり》をはいてでてきた。道端に止めてある自転車を見て彼女はおどろいていた。

「これできたの？」

「三時間かかった」

「あきれた」

「これ、宮崎先輩の手紙」

「宮崎さんの？」

「わたすよう言われたんだ」

東の空が白みはじめたとはいえ、文字を読むにはまだうす暗かった。ちかくに街灯があったので、彼女はその下に移動した。

食い入るように手紙を読んで、ほのかに赤くなった目をパジャマの袖でこすると、やがて百瀬は、長いため息をついた。

「散歩しよう」

手紙をたたんで彼女が言った。

自転車を押しながら百瀬とならんであるいた。筑後川の土手にでると、遮《さえぎ》るものはなくなり、急に視界が広がった。彼女の家もうちとおなじで筑後川のそばにあった。上流と下流でそれぞれ育ったのだとかんがえるとふしぎだった。

「ほんとうは宮崎さん、神林先輩よりも私のほうが好きだったんだとおもうよ。手紙には嘘が書かれてあるけどさ」

「しらないよ、手紙、読んでないんだから」

「こんなとき、ふつうなら盗み読みするでしょ?」

「しないよ!」

「わたしなら読んじゃうなあ」

「それで、なんて書いてあったの」

「なんか、私たち、わかれることになってしまった」

「どうして?」

「おたがいに好きでも、こういうことってあるのよ。あんたにはわからないでしょうけど」

「うん、理解不能だ」

「それがあんたのいいところだ」

「じゃあ、もう、僕たちは演技する必要はないんだね」

「そう、私たちの演技はこれでおしまい」

見晴らしのいい土手は次第に明るくなっていった。夏の暑そうな朝だった。土手の斜面一面に緑色の草がしげっており、風がふくと波がよせるみたいにゆれた。

「きてくれてありがとう。正直、馬鹿みたいだけど」

しばらく無言であるいた後、百瀬は立ち止まって言った。僕は首を横にふって、まあいろいろつらいだろうけど元気をだしなよ、と話した。あんたはほんとうに能天気でいいよねえ、と彼女は毒づいた。僕は手をふって自転車にのり二十メートルほどすすんだ。彼女は僕の方を見てずっとたっていた。自転車をとめたら、彼女がちかづいてきて言った。やっぱりもうすこしいっしょにあるこうよ。着替えてくるから、一度、家にもどるけど。月曜日だったが、僕たちは学校を休んで一日中、土手をあるいた。

＊＊＊

「もうすこしだけ、話をしていきませんか」

暖房のきいた喫茶店で僕は彼女をひきとめた。

「いいよ」

神林先輩はうなずいて席にすわり直した。僕たちはもう一杯ずつ珈琲を注文して、窓から見える福岡市天神地区の雑踏《ざっとう》をながめた。いつのまにか高いビル群の間で雪の粒がちらついていた。

「宮崎先輩、僕と入れちがいで東京にでかけてたんですね」

「あっちの方がいろいろと便利みたい」

彼女はお腹をさわりながら、うたがいようもない幸福な表情で話をした。

宮崎先輩は今、あたらしい店舗の件でいそがしいらしい。プライベートブランドの開発は中間流通を省《はぶ》いて低価格化を実現させた。コンピューターをつかった情報の管理で、彼は客の性別や年齢をリストにまとめ、分析し、適切な商品を店にならべた。東南アジアで製品を生産、調達することを提案したとき、資金面のことが問題になった。そのとき援助したのが神林家だった。彼女との結婚は双方の家に利益を生みだしつつあった。

宮崎先輩の選択した人生。もしも彼が神林先輩ではなく百瀬を選んでいたら、神林家の援助なんて、なかったのだ。彼はあの夜、だいじな二つのもののうち、どちらか一方をえらばなくてはいけなかったんじゃないだろうか。僕と百瀬はその日に演技をやめることができた。でも、宮崎先輩の演技は今もつづいているのではないか。

「帰ってくるまでさびしいでしょうね」

「だいじょうぶ。毎日、電話してるから」

子どものようにすなおな物言いは高校生のときから変わっていなかった。大勢の人はまず彼女の外見に魅了《みりよう》されるかもしれない。でも僕がほんとうに好きだったのはそのまっすぐさだった。演技をやめた後も、僕と神林先輩は話をした。彼女のかざらない言葉は気分をなごませてくれた。

「瞬君、あなたのことをいつも気にかけてたよ」

「僕を?」

「留年つづきだったじゃない」

「だって、大学の勉強って、むずかしいんですもん!」

「うちの会社ではたらきなよ」

「いろいろやってみて、だめだったら、そのときはぜひ」

「借金をつくる前に、連絡しなさいね」

それから先輩たちの結婚式の思い出話や、新居の話をした。対面にすわっても、僕は緊張しなくなっていた。もう自分を卑下《ひげ》することなく、友人として彼女と話すことができた。ほっとするところもあれば、さみしいようなきもちにもなってくる。僕はもう、十代ではないのだ。

「そういえば、『ほおずき市』やってましたよね」

タイミングをはかって聞いてみた。

神林先輩は、あいかわらずの美しい顔を僕にむけた。

「みんなであそんだ日のこと?」

「ひろったほおずき、バスの中で宮崎先輩にあげてました」

神林先輩は目をほそめた。

僕は手のひらに汗をかいた。

「先輩、花言葉にくわしかったですよね。ほおずきの花言葉もしってたんじゃないですか。僕は半年くらい前に知りました。くわしい人が大学にいて、偶然、おそわったんです」

ほおずきの花言葉。

裏切り、不貞、浮気。

僕たち四人の中で、一番、演技が上手だったのはだれだろう。

神林先輩は笑みをうかべると、人差し指を唇にあてた。だれにも言わないでよね。

そのしぐさには艶《つや》と色気があり、これまでずっと僕が神林先輩だと認識していた子どものように無垢《むく》な女性はいなかった。そのような女性は、最初からどこにも存在しなかったらしい。

神林先輩とわかれた後、天神の町をすこしあるいて電車にのった。

懐かしい西鉄久留米駅に到着すると、僕は百瀬陽とのまちあわせ場所へむかった。

里帰りする前に彼女と連絡をとって西鉄久留米駅でおちあうことを決めていたのだ。

最後にすこしだけ僕と百瀬のことを書いておこう。

演技をやめた後も、僕たちは友だちだった。学校の屋上で話をしたし、学食でいっしょにうどんをすった。彼女は田辺ともしたしくなり、三人で行動することもあった。僕は彼女に好意を抱いていたが、自分のような薄暗い電球がどうこうとそのころはまだ悩んでいて、本心を言うことはためらっていた。そのうちに宮崎先輩と神林先輩が卒業して年月がすぎて僕たちは高校三年生になった。田辺は愛知の大学へ、僕は東京の大学へ行くことになったが、百瀬は地元で就職活動をはじめた。

無事に大学合格をはたして、僕は東京に部屋を借りた。大荷物をたずさえて新幹線にのり上京する日、百瀬が博多駅のホームまで僕を見おくりにきてくれた。ホームで僕は彼女に、実はずっと好きだったんだと告げた。どうしてこんなタイミングでそんなこと言うのかと百瀬は怒りだしてそっぽをむいた。百瀬、こっちを向いて。おそるおそる話しかけると、彼女は野良猫のような目で僕をふりかえった。

なみうちぎわ

1

1976年、日本脳神経外科学会はつぎの六項目をみたす状態が三ヶ月以上にわたってつづいている患者を遷延《せんえん》性意識障害者と定義した。

1、自力移動が不可能。
2、自力で摂食《せっしょく》が不可能。
3、屎尿《しにょう》失禁状態にある。
4、眼球はかろうじて物を追うこともあるが認識できない。
5、発声はあっても、意味ある発語は不可能。
6、「眼を開け」「手を握れ」などの簡単な命令に応ずることもあるが、それ以上の意思の疎通《そつう》は不可能。

脳死とのちがいは、生命維持にひつような脳幹部分が生きていることだ。そのため彼らはみずから呼吸し、栄養をあたえられれば生きつづける。遷延性意識障害が数ヶ月以上つづくと、回復することは皆無《かいむ》にちかいと言われている。

　わたしの場合、水難事故から三ケ月をすぎたあたりで退院をせまられたという。回復のみこみがうすく、治療行為もできない患者は、病院にとって儲《もう》けがすくないのだ。父母と姉はわたしの体の転院先をさがしたが、うけいれてくれるところはほとんどなく、最終的にわたしの体は自宅で介護《かいご》をうけることになった。

　父母は往診してくれる医者をさがした。母と姉が体をふき、生理があったかどうかをチェックして医者に報告した。のどに痰《たん》が絡《から》んだだけで窒息《ちっそく》死してしまうので、夜中でも母はおきなくてはならなかった。床ずれをふせぐ体位交換や排せつの処理など、わたしの体の世話はとにかく手間がかかった。流動食をのみこむくらいはなんとかできたので、ごはんの時間になるとだれかがスプーンで食べさせてくれた。

　父母は在宅介護による孤独や不安と闘った。娘はふたたび意思の疎通ができるようになるのだろうか。海外にあるいくつかの例をしらべて心のささえにしたという。長い眠りからさめた人は、すくないが、たしかにいた。ある日、わたしもそのひとりになった。

　嵐の夜にわたしは目がさめた。ずっと正座をしていたような麻痺《まひ》が全身をおおっていた。外で雷光がかがやき、雨が窓にうちつけていた。母にいろいろなことを話しかけたかったが、うまく声が出なかった。部屋の入り口に姉が立っていた。姉は、最後に高校の校門前でわかれたときとはずいぶん印象がちがっていた。赤ん坊をかかえていたのだ。

部屋にはってあるカレンダーを見た。２００2年11月。姉のだいている赤ん坊が泣き出した。頭の中がぼんやりとしていて、うまく事情がのみこめなかった。わたしの困惑に気づいて姉が説明した。

「人類は二一世紀をむかえたの。あなたが寝てる間にね。あなたは今、二十一歳。しんじられないかもしれないけど、あれから五年がすぎたってわけ」

１９９7年の春、わたしは無事に高校へ入学し、姉とおなじ制服を着るようになった。姉はわたしがひとつ下の後輩になっていやそうだった。顔と髪型が似ていたので、おなじ制服だと、まちがわれることが多いのだ。わたしと姉はほとんどの場合、帰宅時間がいっしょになることはなかったのだが、その日はたまたまおなじ電車にのりあわせた。線路は海岸に沿ってつづいていた。バスのような一両編成の電車の窓から、海沿いにたちならんでいる家の屋根と水平線が見えた。風景のなかに入り江が見えると、もうすぐ木造の無人駅だ。

駅で電車をおりると、姉といっしょに海沿いの道をあるいた。雑木林《ぞうきばやし》のそばをぬけたところで海がわの視界がひろくなった。

入り江のなみうちぎわに少年が立っていた。彼は水着のパンツ一枚で、背中が真っ黒に日焼けしていた。背丈がひくく、丸坊主で、俊敏《しゅんびん》そうな体つきだった。

「おっと、野生の猿かとおもったよ」

姉が少年を見て感想をもらした。少年がふりかえり、わたしたちの視線が一瞬まじわった。でもすぐに少年は目をふせて、海へとはしり、およぎはじめた。わたしはひやりとした。少年の目が怒りにみちていたからだ。

「ねえあんた、暇《ひま》でしょ。お願いがあるんだけど。バイトしたくない？　家庭教師のバイト。百合子《ゆりこ》は、ほら、あんなだしさ。だれかに勉強おしえられるの、あなたしかいないのよ」

土曜日の夜、母がわたしに話をもちかけてきた。姉は居間の畳《たたみ》に寝転がっておしりをかきながら交際中の男の子と電話でもりあがっていた。明日のデートのことで頭がいっぱいで勉強をおしえるどころではないらしかった。

「家庭教師？　だれの？」

「近所の子。４月から登校拒否してててね」

た。

母に聞いたところ、報酬《ほうしゅう》も出るという。ほしい鞄《かばん》があったのでわたしはひきうけた。

「名前は？」

「灰谷小太郎《はいたにこたろう》くんだってさ」

翌日の日曜日、わたしは母につれられて灰谷家へ行った。客室に案内され、日焼けした少年を紹介された。わたしたちはおたがいの顔を見て、おなじように肩をすくめた。なんだ、お前かよ、と彼は言いたそうだった。どうやらわたしの顔をおぼえていたらしい。入り江で見かけた少年だった。

小太郎のベッドには漫画雑誌や携帯《けいたい》ゲーム機がちらかっていた。部屋のすみにはサッカーボールや、マジックで不器用に塗装されたロボットのプラモデルがころがっている。二日に一度、わたしはその部屋にかよった。小学六年生の教科書をなつかしいきもちでひろげると、小太郎をいすにすわらせて勉強をおしえた。しかし小太郎の集中力は十分ほどしかつづかず、頭をかきむしって鉛筆《えんぴつ》をほうりなげると、ベッドの上でごろごろころがって、床におちてさらにおきあがり、おかしな声を出しながら扉をあけて逃げようとした。

「さては彼氏がいないんだな。いつも予定ががらあきだから、こんなにいつも、うちにこられるんだ。さびしいやつ。そして姫子《ひめこ》は胸がない」

「よびすてはやめなさい」

「じゃあ、これからは先生ってよぶよ。先生、なにかものまねできる？　もうちょっとあいきょうがないとだめだよ」

ある大雨の日、勉強をおしえていると、雷が鳴りだした。窓が光って壁に大小ふたつの人影ができた。わたしの影と小太郎の影だ。すこしおくれて空の破裂するような音。わたしは机のしたにかくれてしまいたかったが、生徒の目があるのでがまんした。

「先生、雷はどうやっておきるの？」

小太郎が窓の外を見ながら聞いた。目をきらきらさせて、次に窓がかがやくのをまっていた。

「雲と地上のあいだに電位差があるからよ」

「でんいさ？」

窓が白く光った。どーん、と音がする。もうゆるして、と泣きたかったが、十二歳の子どもにわらわれたくないので平気なふりをした。

「先生、雷って世界にひつよう？　電気のむだづかいじゃない？」

「神様は設計をまちがわない。だって、雷がなかったら生命は生まれてなかった」

「ほんとうに？」

「海に雷がおちて、生命の源が生まれた。化学反応でアミノ酸っていうのができたのよ。おかげで今、人類がいる。まあ、それはいいとして、はやいところその計算を解いちゃって」

「先生、ものしりだね。胸がないかわりに、なんでも知ってるね」

算数の教科書で彼の頭をたたいた。どどーん、と破裂するような音がする。もちろん窓の外からだ。しばらく小太郎はだまって分数の約分や通分をした。しかし問題集が一ページおわると、いつものように鉛筆をほうりだした。

「こういうのは、てきどに休憩をはさんだほうが、こうりつがよくなるんだよ」

小太郎は机のなかから黄色の四角い物体をとりだした。プラスチック製のふでばこに見えたが、どうやらオペラグラスのようだった。ひもがとりつけられて、首からさげられるようになっている。ぱかっとひらくとふたつのレンズがおきあがり双眼鏡のようになった。意外にしっかりとしたつくりである。

「かっこいいでしょう」

「それ、どうしたの」

「買ってもらったんだ」

小太郎はオペラグラスをつかって窓の外を見た。ガラスのむこうに海がひろがっていた。薄暗い雲の下で水平線がぼやけている。

「あ、おちた。先生、海に雷がおちたよ。命が生まれたかもしれない」

毎回、彼をおしえにいく時間がたっぷりあったのは、小太郎のおっしゃるとおり、なかよくする男の子がいなかったからだ。外見の似ている姉とは、そこのところがずいぶんちがう。自分が男子となかよくしている様子など想像できなかった。わたしの趣味といえば、勉強の予習復習と、国語の教科書の暗記である。心のバイブルは『時間と空間の詩集』という本で、著者は東京の某大学教授である。唯一《ゆいいつ》の自慢は、小学一年生の入学式からかぞえて、高校一年の現在まで、学校を一度もやすんでいないことだ。一日でも欠席してしまい、授業を聞きのがしてしまうと、勉強がわからなくなりそうでこわかった。だから病気をしないように気をつけている。夜は十時に就寝し、ものはよくかんで食べる。そのようなわたしに、お前異星人かよ、と姉が言った。というわけで恋人などできるわけがなく、結婚もせず、子どもを産むこともなくわたしは死ぬのだろう。

「学校を一度もやすんだことないってほんとう？　すごいね。鉄の女だね。胸もかたいしね。人間レベル高いね。そんな人が、登校拒否児の面倒をみてるってのは、いわゆる、ひにくってやつだよね」

最初のころはなんども拳《こぶし》をふりあげそうになったが、しだいにじゃれあいをたのしめるようになった。学校帰りに入り江でおよいでいる小太郎を見つけて、いっしょにあるいてかえったりもした。ふたりで野良猫にソーセージをあげたり、彼の丸坊主頭をこづいているうちに、漠然《ばくぜん》とわたしはこうおもうようになった。自分が子どもを持ったら、こんな感じなのかもしれない。

都会からはなれた海辺の田舎町は、九月にはいっても暑さはあいかわらずだった。日曜日、まだむしあついさなかにわたしと小太郎は入り江にでかけた。今日は外で授業をします、と提案したら小太郎はおおよろこびした。家庭教師をはじめて三ヶ月がすぎていた。夏がはじまって、まだおわる気配はない。

入り江の砂浜は三十メートルほどのながさで、海の一部を陸地がきりとって手のひらでつつみこんだような場所だった。浜辺の色は灰色で、よく観察すると黒い粒と白い粒がまじっていた。はじめのうち入り江に特別な印象はなかった。小太郎があの黒い漂流物を見つけるまでは。

「あれはなんだろう。死体かな?」

波のうごきを観察したり、海辺の生きものをながめたりしていると、小太郎がなみうちぎわでつぶやいた。入り江のまんなかほどの海面を指さしていた。

背筋がぞっとした。黒い物体が海に浮かんでいた。ほそながく、人間とおなじくらいのおおきさだった。しかし遠くて判別はむずかしい。

「きっと流木よ」

そうにきまっている。しばらく波にゆられていたが、そのうち沈んでしまい、もう浮かんでこなかった。

「やっぱり人間だよ。おぼれて、ながされてきたんだ」

「だから、流木だってばさ」

入り江の波が不気味に感じられた。なにかをのみこんで消し去ったことなど、知らないとでもいうように波の音はつづいていた。小太郎が真剣な目で海を見つめていた。はじめて見かけたときの、怒りにみちた目が頭をよぎった。

「はじめてあったときのこと、おぼえてる?」

「先生はお姉ちゃんといっしょだったっけ」

「どうして怒ってたの?」

「イバラのこと、かんがえてたんだ」

「イバラ?」

「担任の先生。ほんとうは井原《いはら》って名前だけど、いばってるから、イバラ」

彼の不登校の原因が、担任の先生への不信感であることを、小太郎の母親から聞いていた。

「植物の茨《いばら》のことかとおもった。知ってる? とげとげのある植物。ねむり姫のお城をつつんでたのよ」

「知らないし、どうでもいいよ」

会話のあと、小太郎はだまりこんで海を見るようになった。

「ほら、これ、変な形の砂粒。ほかの海岸ではあまり見かけないものよ。なんでかわかる?」

砂粒を手のひらにのせて小太郎に聞いた。角《つの》のようなとんがりのある砂粒だった。それは有孔虫《ゆうこうちゆう》とよばれる原生生物の死骸《しがい》である。石灰質《せっかいしつ》の殻《から》だけがのこり、砂浜にうちあげられているのだ。なぜほかの海岸では見かけないのか? きっと、入り江にはいってくる波は比較的おだやかで、生物のすみやすい環境なのだろう。その結果、ほかの海岸よりも死骸の数が多いというわけだ。つまりこのなみうちぎわは、原生生物たちの死骸がうちあげられる墓場なのだ。そんな説明をしたのだが、小太郎は聞いていなかった。

「つまらない」

最後には、ぷいとそっぽをむいた。

「じゃあ、今日はもうおわりにしましょう」

わたしたちは一言も口をきかずに灰谷家への道のりをあるいた。閑散《かんさん》とした海沿いの田舎町は、どこに行っても潮風がふいていた。小太郎はいらついたような顔であるき、わたしもおそらくむっとした表情だっただろう。カモメが頭上をよこぎり、波のしぶきが風にのって飛んできた。照りつける太陽をうけて、いたるところに雑草がしげっていた。汗をぬぐいながら、泣きそうなきもちで、わたしは小太郎の前をあるいた。

1997年9月8日。朝はよく晴れていた。母はいつもどおりみそ汁をつくり、父はきっかり七時半に会社へむかった。

昼休みに、友だちの北村《きたむら》さんや西沢《にしざわ》さんと弁当を食べた。ふたりは中学時代からの友だちで、よく本の貸し借りをしていた。北村さんは日本の純文学が好きで、西沢さんは欧米の文学を好んでいた。食事をおえたあと、校庭を散歩しながら、夏休みに読んだ本の感想を順番に話した。日差しがあたたかく、花壇《かだん》の花はさきほこり、蝶《ちょう》が優雅にとんでいた。わたしたちはそれぞれ、自分の知っている詩や小説の文章をそらんじた。

姉がわたしたちの前をよこぎった。交際中の男子生徒となかむつまじくおしゃべりしていた。昨日のデートで出かけた遊園地はたのしかったらしい。あまりに別世界の空気を見せつけて立ちさったので、わたしたち三人は居心地《いごこち》のわるさを感じた。

「わたしたちって、くらいのかな」

北村さんが心配そうな顔をすると、西沢さんがはげました。

「そんなことないよ。だいじょうぶだよ。本の世界はすばらしいよ」

「でも、詩をそらんじるなんて、ふつうはしないのかも……」

「するよ。こういうのだって、ぜんぜんいいのよ」

一日の授業がおわると、音楽室のあるほうから、管楽器を調整する音が聞こえてきた。吹奏楽《すいそうがく》部の練習が今からはじまるようだった。わたしは管楽器の音が好きだ。管楽器は英語で【a wind instrument】、つまり風の楽器だ。空気の振動で音が鳴るので、そうよばれるらしい。帰宅のため下駄箱のそばで靴をはいていたら姉とはちあわせした。

「まったく、いつまで調整してるつもりなんだか」

姉は管楽器の音を聞きながらぼやいた。調整ばかりで、曲の演奏される気配がなかった。

「部員がそろってないんだよ。それに、何かがはじまる前の、こういう時間、すきだけどな」

「姫子、いっしょにかえろう。鞄、ひとつ持ってあげる」

姉は私とちがって教科書を学校に置きっぱなしにしているので荷物はすくなかった。

「ありがとう、たすかる」

買ったばかりの新品の鞄を姉にわたした。そちらのほうが軽かったからだ。校門をめざしてあるきながらわたしは質問した。

「今度の人で何人目?」

「三人目よ。もんくある?」

「クラスメイト?」

「中学からの友だち」

「ずっとそういうきもちがあったの?」

「友情から化学変化したのよ。姫子、あんたもがんばりな」

餅月《もちづき》姫子さん、と名前をよばれた。ふりかえると図書館の窓から数学の先生が顔を出して、わたしに手まねきしていた。何日か前、解けなかった証明問題について先生に質問をしていたのだが、今、その解き方を説明してくれるという。

「あんたはどこまで勉強がすきなのよ。わたしは先にかえってるからね」

「うん、わかった」

私の茶色の鞄をさげたまま、姉はさっさと校門を出て行ってしまった。


つりかわにつかまってゆられながら窓の外をながめた。たちならぶ家と水平線の上に夕焼け色の空がひろがっていた。駅のホームで姉の姿をさがしたが、もう見あたらなかった。先発の電車でかえったのだろう。わたしはひとりで電車にのりこんだ。先生に勉強をおそわっている間にすっかり時間がすぎていた。

最寄りの駅がちかくなると入り江が見えた。なみうちぎわにちいさな点があった。かたむいた太陽がその子の影をのばして砂浜にやきつけていた。小太郎だと直感した。今日もおよぐのにちがいない。夏の暑さはつづいており、じゅうぶんに水はあたたかいはずだ。

電車をおりて海沿いの道をあるいた。利用者のすくない道だったので、あたりにいるのはわたしだけだった。雑木林と岸壁のそばをぬければ入り江である。いつもなら小太郎に声をかけていっしょの時間をすごすはずだった。でも今日は無視してとおりすぎようときめた。昨日のけんかのことが頭をよぎっていた。

なにもかも、まっ赤にそまるような夕焼けだった。海も砂浜も、自分の手のひらも赤色だった。風もない。しんとした空気がたちこめていた。

はげしい水の音を聞いた。入り江のまんなかあたりで水しぶきがあがっていた。黒い物体のうかんでいた場所だ。ほそい腕が水面をたたいていた。砂浜にシャツがぬぎちらかされている。

流木か、死体か。昨日の黒い物体がどちらなのかをしらべるために、海へはいったのではないか。

「先生、たすけて！」

せっぱつまったような小太郎の声が聞こえた。鞄から携帯電話をとりだした。119の番号をおしながら、雑草におおわれたみじかい斜面を駆ける。浜辺におりると、砂に足をとられながら、なみうちぎわにむかってはしった。

2

すべての生物は海から。
雷がおちてアミノ酸が。
長い暗闇がつづいた。
わたしの体は、海底をただよっているようだった。
海の中で分解し、とけているようにおもえた。
ときおり、名前をよばれた気がした。
プランクトンの夢を見た。
魚介類《ぎょかい》やら、恐竜やら、氷河期《ひょうがき》の夢を見た。
猿が火をおこす夢を見た。
火の明るさがふくれあがり、わたしはまぶしさで目がくらんだ。

世界がかがやきにつつまれて、同時に破裂するような音がした。雷の苦手なわたしはこわくて眠りからさめた。いったいなにがおきたのかわからない。窓が半開きで、カーテンが風にあおられ、おどっている。窓から雨がふりこんでいる。閉めなければいけないのに体がうごかない。また外がかがやいた。すさまじい音。わが家の一室だった。

母が部屋にはいってきて、窓とカーテンを閉めてくれた。ダイエットでもしたのだろうか。見た目の雰囲気がすこしかわっていた。

おかあさん……。声がうまく出なかった。気配を感じたのか、母はわたしのほうをふりかえった。どうしたの、とわたしは聞きたかった。なんでおどろいたかおしてるの、と。

母が二本の電話をした。一本は医者で、もう一本はだれかの家だった。やがてだれかが家に到着した。嵐のなかをいそいできたのか、彼の全身はずぶぬれだった。わたしよりも確実に背が高い、この立派な青年は、はたしてだれだろうか。ぼんやりする頭で、そうかんがえた。

つけっぱなしのテレビでニュースがながれていた。これまでもわたしがさみしくないように、テレビやラジオをつけていることが多かったらしい。わたしが寝かされていたのは一階のひと部屋だった。本来、わたしのつかっていた勉強部屋は二階にあるのだが、おむつをかえるたびに階段をのぼるのはたいへんなので、こちらに寝かせておくことにしたのだろう。もともとテレビやステレオのない部屋だったのだが、わたしのために設置してくれたらしい。

「五年間、意識はあったの？　なかったの？」

ベッドにこしかけて、姉が赤ん坊に授乳《じゅにゅう》しはじめた。結婚してとなり町に住んでいる姉は、よく子どもをつれてわが家をたずねているようだった。

「夢、見てた。原始の、海」

かすれて小さな声しか出なかった。姉は耳をすませて聞いてくれた。窓の外は晴れて、数日前の嵐がうそのようだった。わが家は海のそばにあり、どこにいても波の音が聞こえていた。だからわたしは海の夢を見ていたのかもしれない。

「そう、よかった、眠ってたのか。体をうごかしたり、話したりできないだけで、頭の中ではずっとかんがえごとをしてるのかもしれないって心配してたから。それだったら残酷でしょう。意識があるのはいいことだけど」

頭はぼんやりしていたが、自分の身におきたことを理解するようにつとめた。朝に目がさめると、すぐにカレンダーをチェックしたが、１９９７年にもどっておらず、やはり２００２年のままだった。

わたしは小声で話すことくらいしかできず、体は指先くらいしかうごかせなかった。あいかわらずベッドの上で寝たきりの状態である。しかし医者の話では、リハビリをしていればそのうちほかの部分もうごくようになるらしい。

それよりも面倒なのは、夜があけるたびに父母や姉がわたしの顔を見にくることだ。またわたしが眠りからさめなくなるんじゃないかと、彼らは心配しているのだ。

玄関のチャイムがなる。応対にいく母の足音が聞こえた。ミルクを飲みおえた赤ん坊が、姉の腕の中で眠りはじめた。

「二一世紀に、なったとき、お祝い、した？」

「べつに。いつもどおりだったよ」

つけっぱなしにしていたテレビのニュースキャスターが、耳なれない言葉を口にした。さっきからテレビでおなじ言葉ばかりくりかえされている。何のことだろう。

「9・11って、なに？」

姉は沈痛な面持ちで説明した。

「もう一年以上もたつの。三千人が死んだのよ。ちょうどこの子がおなかのなかにいて、ぱんぱんにふくらんでるときだった。あなたも、この子も、中継を見なかったんだね。世界中の人が、それを目撃したのよ」

よくわからないが、わたしは決定的ななにかを見のがしているらしい。

「2001年9月11日、アメリカで四機の旅客機がハイジャックされた。そのうち二機がニューヨーク世界貿易センターの超高層ビルに激突したんだよ」

男の声が聞こえて、姉が「あら、いらっしゃい」とほほえんだ。さきほどのチャイムは、彼が鳴らしたものらしい。わたしが目ざめて以来、毎日、見舞いにきてくれていた。

「先生、調子はどう？」

彼がベッドのそばにすわった。学校帰りにたちよってくれたらしく、制服姿だった。声が変化して低くなっている。あのときまだ十二歳だったが、今はもう十七歳の高校二年生だ。小太郎は、先生であるわたしの学年を、いつのまにかおいこしてしまっていた。

会社をやすんだ父が、わたしをおんぶして車いすにすわらせてくれた。おんぶしてもらったとき、鼻先にきた父の頭に白髪《しらが》があった。父に車いすをおしてもらって近所を一周した。

「ごめんね、めいわくかけて……」

「いいんだ」

わたしはずいぶんうまく声が出せるようになっていたが、父はあいかわらず無口だった。散歩の途中で小太郎の家の前を通りかかった。表札がはずされて、今はだれも住んでいない。水難事故から半年ほどたったとき、灰谷家はとなりの市にひっこしたのだ。しかし小太郎は自転車でほとんど毎日うちにきてくれたらしい。家族ぐるみで介護の支援もしてくれて、わたしがめざめたあと、彼の両親も見舞いにきてくれた。ほとんど土下座《どげざ》するみたいに頭をさげて、お礼をくりかえしながらかえっていった。

「それにしても、あの子、ずいぶんかわったね……」

「ああ」

「他人、みたいよ」

「小太郎くんには感謝してる」

父は車いすをおしながらつぶやいた。いつもうちにきてくれる小太郎の存在は、父母をはげましてくれたにちがいない。

わたしは毎日、見舞い客とのあいさつでいそがしかった。親戚《しんせき》のおじさんおばさんがたずねてきて、よかったねえよかったねえ、とわたしや家族に話して帰っていった。うるさかったが、お菓子を買ってきてくれるのでうれしかった。あう人がみんな、わたしのことを餅月姫子だと認識していることがふしぎだった。なぜならわたし自身が、自分の顔になれていなかったからだ。

毎日、手鏡をながめた。十五歳で高校一年生だった人間は見あたらない。誕生日の10月をすぎて、わたしは二十一歳になっている。髪型も当時とはちがっていた。わたしが寝ているあいだ、姉がてきとうに散髪してくれていたらしい。しかし姉は器用なほうではない。わたしの髪は、雨に濡れそぼった子犬のようになっていた。

リハビリをつづけて、体を事故前の状態にもどそうと努力した。ひっしにうでをのばして、湯飲みをつかみ、もちあげる。さびついた機械のように、筋肉がきしんだ。うでがふるえて、お茶がこぼれる。手にかかって熱いと感じる。でもその感覚がうれしかった。

リハビリを姉の旦那《だんな》も応援してくれた。よく彼は姉と結婚してくれたものだ。わたしがずっとあのままだったら、両親が死んだとき、わたしの世話をしなくてはならなかったかもしれないのに。姉の旦那はふくよかな丸顔で、すてきな心のもちぬしだった。彼が姉と知りあったころ、すでにわたしは寝たきりだった。「はじめまして」とあいさつするわたしに、「そういう声してたんですね」と彼は感動していた。

高校で友人だった北村さんと西沢さんもうちまできてくれた。目ざめてから彼女たちとは電話で連絡をとったのだが、ふたりとも遠方に住んでいるのですぐにはあえなかった。ふたりとも電話口で泣いていたが、客室で再会してからもしばらくは泣いていた。彼女たちはわたしがふかい眠りについてからも何度か見舞いにきてくれたらしい。わたしの父母にはげましの手紙を書き、それは今でも大事に保管されていた。ふたりとも高校を卒業して、すでに大学三年生になっていた。ふたりから同級生たちのその後を聞いた。

「結婚した人だっているのよ」

「会社をたちあげた人だっているんだから」

「最後にわかれたとき、みんな高校生だったのにな……」

わたしはまだ高校生だったときの記憶をひきずっていた。父母によると、わたしは休学あつかいになっており、復学することも可能だという。しかし体はもう二十一歳だ。みんなとおなじように通学すると目立つにちがいない。

「今日はあえてよかった。ふたりともきれいになってたからおどろいたよ」

帰る時間になり、ふたりは上着にうでをとおした。ふたりは目を見あわせ、うなずきあってから、小声で報告した。ふたりとも大学で彼氏ができたらしい。高校の昼休みに三人でごはんを食べて本の感想を話していたのは遠いむかしのことなのだ。時間はながれつづけている。

12月半ばごろには、なんとか車いすなしでもあるけるようになった。つきそいの人がそばにいて、杖《つえ》をつかなければふらついたが、リハビリは順調だった。

日曜日に小太郎と海岸まであるく練習をした。コンクリートの階段にこしかけて海をながめていると、くもり空の下で灰色の海がごうごうと音をたてていた。カモメがとびかい、ときには砂浜におりてきてゴミをくちばしでつついていた。

「眠ってるというか、どこか遠くに行ってる感じだった。ときどき、目をあけてたからな。反射反応で、そうするらしいんだ。まるで人形みたいだったよ」

彼はわたしに話しかけ、本の読み聞かせをしたという。うごかない肉体の中に、思考する意識があり、周囲の声も聞こえているのだと信じていたそうだ。

小太郎は目をほそめて水平線を見ていた。やわらかそうな髪の毛が風にふかれてふるえていた。体つきはほっそりしていて、針金でつくった人形のようだった。日焼けしていないのは、親から運動を禁止されているせいらしい。入り江での件が影響しているのかもしれない。はしゃいでばかりいた小学生は、すっかりおちついた雰囲気の人間になっていた。彼はわたしのかよっていた高校に入学していた。つまりわたしの後輩になったわけだが、学年をおいこして今では彼のほうが先輩だった。

「部活はなにしてるの？」

「囲碁《いご》部にはいってる」

「囲碁？　なんで？」

「囲碁の漫画がはやってるんだ。意外と女子部員もいるんだよ。少し前までいなかったらしいけど」

「あなたがはいる前は、いなかったんじゃない？」

成長した小太郎の顔を観察した上での推測である。うまく言えないが、彼は男前になっていた。

「言われてみれば、そうかもしれない」

「女の子たち、きっとあなたが目当てで入部したんだよ」

「俺？　なに言ってんの？　みんな囲碁が好きなんだよ。よく質問してくるんだ。こういうときどうすればいいかって。みんな熱心でさ」

「囲碁を理由にして、あなたに話しかけてんのよ」

「なんでそうなるわけ。まるで俺がもててるみたいじゃないか」

「もててるんじゃない？」

「そんな漫画みたいな展開、あるわけないだろ。女子ひみつアンケートでいつもきらいな男子ベスト3にはいってたんだ。小学生のときだけど。そういう俺に、だれがすきこのんで話しかけてくるんだよ。先生はあいかわらず恋愛ごとにうといんだな」

彼は笑顔を見せた。その顔は小学生のときとかわっておらず、たしかにこの子はわたしの知っている小太郎なのだとおもった。

コーヒーでも飲もうという話になり、海岸をあとにしてファミレスまであるいた。五年前にはなかった真新しい道路が町をつらぬいて、ビデオショップや漫画喫茶がならんでいた。

「いろんなものが、ずいぶんかわっちゃったな」

「先生、無遅刻無欠席が自慢だったのにさ。ずいぶん人生を寝坊したじゃないか」

整備された並木道をあるいた。話に夢中になり、わたしは地面の段差を見落とした。気づいたときはおそかった。つまさきを段差にひっかけて、体勢をくずした。おとした杖が、アスファルトの地面にたおれて、硬《かた》い音をたてた。でもわたしはころばなかった。たおれる直前、小太郎がわたしをだきとめてくれた。そばの道路を何台も車が通りすぎた。体重をうけとめたまま小太郎が腕をほどかなかったので、数秒間じっとしていた。やがて小太郎の腕がはなれて、わたしはまた自分の足で立った。

「気をつけろよな」

「うん」

わたしはうなずいて、なにごともなかったようにあるきはじめた。

ファミレス店内はクリスマスにむけた装飾《そうしょく》がほどこされていた。窓の外を車のながれがとぎれずにつづいていた。

「……沈んでたのは、流木だったね」

彼から事故の話を聞くのははじめてだった。小太郎がなぜあの入り江でおよいでいたのか、事情は姉から聞いていた。やはり彼は前日に浮かんでいた物体が流木なのか人間なのかをしらべていたらしいのだ。入り江のまんなかあたりでたちおよぎをしていて、彼は足をつってしまった。わたしが通りかかるのを見て、助けをもとめたのだという。

「ずっとあやまりたかった。ありがとう。それから、ごめん」

五年前、わたしは海の底で意識をうしない、酸素欠乏《けつぼう》の末、心臓を停止させた。三分たてば死亡率が五〇パーセント、十分たてばほとんど生存がみこめなくなるという状態だった。海へとびこむ直前、救急車を呼んでいたのがさいわいした。救急隊員の手でわたしの体は海からひきあげられて応急処置をうけた。救急隊員がわたしに人工呼吸したらしい。かんがえかたにもよるが、はじめてのキスはあのなみうちぎわで、知らないおじさんとだったというわけだ。

「先生、どうしてがっかりした顔をしてるの?」

小太郎がわたしの顔をのぞきこんで心配そうに聞いた。

「なんでもないよ。がっかりしてないし」

「さっきころびかけたときのこと、気にしてるんだね。だいじょうぶ、俺はなれてるんだ」

小太郎はこの五年間、介護の手伝いで何度もわたしをかかえたことがあるのだった。

「体重のことなら気にすることないよ。健康な証拠だ。重くなってて、すこしおどろいただけだよ」

「がっかりしたよ。たった今」

家にもどったとき、すでに日が暮れていた。わかれぎわ、バイクにまたがって小太郎が言った。

「先生の姉さんのこと、百合子さんって呼んでる。だから先生のことも名前で姫子さんってよぶよ。そういえばふたりとも、雰囲気やしぐさがそっくりだよな。子どものころ、遠目からだと、どっちかわからなかったんだ」

「でも中身はべつもの。姉さんみたいにできたらいいのに。昔、人に言われたことがある。あいきょうがないって」

「どこの馬鹿がそんなことを」

「馬鹿はお前だ」

小太郎はエンジンをかけるとはしりさった。彼が見えなくなってもわたしは家の前に立っていた。わが家の窓からあかりがもれて、夕飯のしたくをする音が聞こえていた。雲が消えて、きれいな白い月が空にうかんでいた。


クリスマスに姉夫婦が特大のホールケーキをかかえてわが家にきてくれた。小太郎は玄関のチャイムを鳴らしてフライドチキンをはこんできた。にぎやかなクリスマスパーティがおわり、大晦日《おおみそか》がすぎて、世界は２００３年に突入した。

２月１日、宇宙での作業をおえたスペースシャトルコロンビア号は、地球にもどるときテキサスの上空で炎につつまれた。乗組員七名は全員死亡。二一世紀になってもあいかわらず宇宙は遠い場所だった。

体の麻痺はほとんどなくなっていた。右足だけうごきがにぶく、杖をついてあるくほかは、ふつうの人とおなじ動作ができた。わたしはどこへ行くときも杖をはなさず、三本目の足のように感じられた。

リハビリがすすむと、今後の進路が気になってきた。わたしはこれから、どのように生きればいいのだろう。ひとまずわたしは大学入学資格検定をめざすことにした。通称大検、それに合格すれば大学にはいる許可がもらえるはずだった。

大検について書かれてある本を読んでいるとき、家に電話がかかってきた。母が外出していたので、壁に手をついてあるき、わたしが受話器をとった。

「もしもし、餅月ですけど」

「姫子さんをおねがいします」

はじめて聞く女の子の声だった。

「わたしです」

「あなたが姫子さん？　もう灰谷先輩を解放してあげてください」

灰谷先輩？　小太郎のことだろうか？

「どちらさまでしょうか」

「女子の代表です」

「代表？　何の？」

「まあそれはどうでもいいです。とにかく、あなたはひきょうです」

「ひきょう?」

わたしは頭をかいた。

「昔の先生だかなんだか知らないですけど。先輩の良心につけこんで……。だから、もう灰谷先輩を解放してください!」

そうぞうしい音をたてて電話はきられた。

3

入り江のまんなかまで、およげない距離ではなかった。いつもならきっと楽勝だった。ぬれた制服が、おもりのようだった。入り江のまんなかに到達したとき、小太郎がわたしにしがみついてきた。冷たい水と大量のあぶく。わたしたちはいっしょに沈んだ。

海底まではわたしの身長の三倍ほどの深さがあった。沈みながらわたしたちはそれを見た。なみうちぎわから見えた黒い物体だ。一瞬、足におもりをむすびつけられた人間が水中をただよっているのかとおもった。でも実際は、流木が立った状態で海中に静止しているのだった。

　わたしと小太郎は流木のそばに沈んだ。それは表面のなめらかな、二メートルほどの木の幹だった。流木に漁業用の網《あみ》らしきものがねじれてからまっていた。一方の端を流木に、もう一方を海底にひっかけている。流木はそれによって海底にむすびつけられていた。

　もがいていたわたしの足が偶然に流木を蹴《け》った。付着している藻《も》をゆらつかせて網がふるえた。流木にからまっている部分がわずかにずれた。酸欠でまともにはたらかない頭だったが、そのときひらめきがやどった。小太郎の腕をつかんだまま、わたしはもう一度、流木を蹴った。今度は網のからまっているあたりをねらった。流木のなめらかな表面がさいわいした。ずるりと網がすべってぬけると、流木を海底につなぎとめるものはなくなり、海面をめざして浮上しはじめた。

　小太郎をおしだして、流木にしがみつかせた。そこで限界がきた。わたしは泡《あわ》の音につつまれた。

　冷たい入り江の底で、わたしは水のうごきにゆられてすごした。ふと、海底の砂をよく見ると、有孔虫の殻にまじって、ニューヨークでくずれ落ちたビルの破片が沈んでいた。おびただしいそれらの破片が、まるで人骨のように砂浜へうちあげられている。そこでわたしは目がさめた。

窓から月明かりがもれていた。ベッドに半身をおこしてわたしは深呼吸した。さきほど見た夢のせいで全身に汗をかいていた。五年間、原始の海の夢を見ていたときはやすらかなここちだった。でも二一世紀に目ざめてからは、入り江に沈んでいく、あのときの光景ばかりを見る。

翌日の昼、勉強道具を鞄につめようとして、五年前の荷物がそのままはいっていることに気づいた。学校で姉にあずけて持ってかえってもらった茶色の鞄は、あれから一度もつかわれなかったらしい。自分の教科書にまじって、小学六年生用の問題集もはいっていた。あのころわたしは教師で、小太郎は生徒だった。なつかしいきもちで問題集をながめたあと、鞄をさげて外出した。

杖をついて海沿いの道を駅のほうにあるいた。五年ぶりにあるく道はあれはてて、アスファルトのひびわれから雑草がのびていた。今ではその道を通る人はほとんどいないようだった。あたらしい道路が開通してバスをつかったほうが便利になり電車の乗客が減ったのだろう。

入り江は昔とかわらない様子である。両側から陸地がつきだして、海の一部を切りとっていた。灰色の砂浜に立ち、小太郎がおぼれていたあたりを見つめた。

自分はまだそこに沈んでいるような気がした。社会とのあいだに違和感があるのだろう。自分はまだ完全には世界と融和《ゆうわ》していない。リハビリをしながら、この五年間にあったできごとをしらべ、知らない歴史を補完《ほかん》した。しかし片足に麻痺がのこってしまったように、完全に元通りというわけにはいかなかった。

学校を無遅刻無欠席でがんばっていたのは、勉強がわからなくなるのがこわかったからだ。ひとつでも授業を聞きのがすと、先生や同級生たちは教科書のつぎのページにすすんでしまい、わたしはおいて行かれるのではないかという不安があった。今のわたしはすっかりそのとおりになったのだ。姉も、友人も、人類史も、すっかりつぎのページに移行していた。

水平線のちかくに船が浮かんでいた。実際は巨大なタンカーだろうが、ちいさな粒に見えた。わたしは鞄をにぎりしめてファミレスにむかった。

三角関数《さんかくかんすう》、指数関数《しすうかんすう》、対数関数《たいすうかんすう》、微分法《びぶんほう》、積分法《せきぶんほう》。ファミレスの窓際の席でコーヒーをすすりながら勉強していると、夕方ごろに突然、制服姿の小太郎があらわれた。

「おばさんに聞いたら、ここにいるっておしえてくれたんだ。勉強してるの?」

「大検、うけようとおもってね」

わたしは勉強道具をテーブルにひろげていた。ファミレス店内はさほどこんでおらず、おなじように勉強したり、ノートパソコンで仕事をしている人が何人かいた。小太郎はむかいの席にこしかけた。

「予備校にかようこともかんがえてる。それまでは自習でがんばるよ」

「三ヶ月前まで介護されてたんだよ？　もうすこし、ゆっくりしてたら？」

「じゅうぶん休んだよ。そろそろうごき出さなきゃ」

　数学の教科書にむきなおると、小太郎はコーヒーを注文して鞄から本をとりだした。図書館で借りた本らしい。まさかあの小学生が自ら本を読むようになるとは。わたしをおどろかせるための冗談なのかとおもったが、わたしが勉強している間、彼はしずかに読書をつづけていた。

　わたしの頭のなかは高校一年一学期の知識でおわっていた。そのさきにある学問は未知の領域《りよういき》だった。教科書を読んでも理解できないところがいくつもあり、二十分ほど数学の証明問題に苦戦していると、小太郎が本をとじて話しかけてきた。

「俺、その問題わかるよ」

「ほんとうに？」

「まかせろって」

　小太郎にノートとペンをわたすと、わたしの苦戦していた証明問題をよどみなく解きはじめた。

「なんでわかるの?」

「半年前にならったからね」

彼の解法を見ながら、わからないところを質問した。こいつにも先を越されている、というくやしさがあった。でもアドバイスをうけて解にちかづいて行くことはおもしろかった。暗闇で手をひかれて目的地までいっしょにあるくことに似ていた。わたしが道にまよいそうになると、彼がこっちだよと声をかけてくれるようなものだ。五年前、わからないことばかりあったのは小太郎のほうだったのに、立場が逆になっちゃったねえ、とおもった。

気づくと外が暗くなっていた。いきからテールランプの赤色が窓ガラスのくもりでにじんできれいだった。夕飯の時刻になり、店がこんできたので、そろそろ出ることにした。勉強道具を茶色の鞄にしまいながら彼と話をした。

「今日はたすかった。勉強おしえてくれてありがとう」

「俺のこと先生ってよびなよ」

「ぜったいよばないけどね」

「その鞄、百合子さんからもらったの?」

「わたしのよ。なんで？」

「むかし、百合子さんが持ってなかったっけ？」

「ひさびさにあけたら、五年前つかってた問題集がはいってたのよ。家庭教師してたときのやつ。ああ、しまった。小太郎にあうんなら、持ってくればよかった」

「いいよ、はずかしい。俺、あのときのこと、おもいだしたくないんだ」

「丸坊主だったから？」

「俺じゃないみたいだよ。姫子さんに迷惑かけたことしかおぼえてない」

「わたしを怒らせるようなことばっかり言ってたよ」

「からかうのが好きだったんだ。あのときまだ俺は小学生で、姫子さんは大人に見えたしな。からかいがいがあったんだ」

丸坊主の少年時代を知らなければ、はずかしくてまともに話もできなかっただろう。わたしは男子に免疫《めんえき》がない。勉強ばかりで、男子との交流なんてしたことがなかった。

「三日前、あなたのことで女の子から電話があったのよ」

もう灰谷先輩を解放してください。

わたしの事情と小太郎の動向を知っている女の子が、どこかで電話番号をしらべてかけてきたのだろう。彼女に言われたことを小太郎に説明した。

「あの言いかたは、あなたにかたおもいしてる子よ。ぴんときたよ」

「かたおもい？　俺に？　姫子さんが、どうしてそんな冗談を言うのかわからないな」

「学校でだれかにわたしのことを説明したでしょう。囲碁部の人にでも話したんじゃない？」

「そういえば後輩の女子に話したっけな、姫子さんのこと」

「その子よ！　あなたに気があるのよ！　どうして気づかないの！」

「たしかにその後輩は、よく話しかけてくるし、いつも俺のほうをぼんやり見てる。でも、かたおもいだなんてかんがえすぎだとおもうよ」

「そうかなあ」

「そいつがなぜか俺の写真をもってため息ついてるのを目撃したけど、ただの偶然《ぐうぜん》だって言ってたし」

「どういう偶然だよ！　ぜったいあやしいって！」

「廊下をまがると、待っていたかのようにそいつがいて、荷物とか持ってくれることが多いけど、でも先輩後輩ってどこもそういう感じだろ」

「そいつには嫌われてるふしがあるんだ。いやがらせされたことだってある」

「鈍感《どんかん》！」

「そうなの？」

「俺が部室にいないとき、そいつ、勝手に俺のサインペンをとり出してつかってたんだ。ノートにぐるぐる丸を描いてた」

「それはおとめごころなんだよ！　いやがらせじゃないんだよ！」

中学時代の女子の友人が、好きな男子生徒のペンを勝手に借用してノートに名前を書いていた。ペンのインクでさえ、好きな人のものなら、彼女にとって宝物だったらしい。わたしはそういうタイプではなかったが、おとめごころは理解できるほうだ。

「まあ、途中から冗談だから、安心してよ」

小太郎はほがらかに言った。どこからが冗談？　わたしはあきれたが、やさしいきもちになれた。にぎやかな高校生活のまっただなかに彼らはいる。友人たちと花壇のそばで詩を暗唱《あんしよう》したあの季節に今度は彼らが立って呼吸しているらしい。わたしは寝すごしてしまったが、彼はまだかえっていけるにちがいない。

「あ、それから。明日からわたしのとこにくるのはやめなよ」

店内は満席で、入り口に客がならんでいた。男性の店員がすこし迷惑そうな顔でわたしたちのほうを見ていた。

「わたしがおぼれて昏睡《こんすい》状態になったのが、自分のせいだとおもってるのなら、もうだいじょうぶよ。五年もわが家に通ってくれたんでしょう。もう償《つぐな》いはじゅうぶんすぎるとおもう。だれが見たって、そう言うよ。だからもう、小太郎はもとの生活にもどるべきだ」

「もとの生活?」

「あなたにもやりたいことがあるでしょう?」

彼は首を横にふった。

「わかってないな。俺にはもとの生活なんてないんだよ。あのとき全部、ぶっこわれたんだ。俺は、なんだかまだあの入り江にいるような気がする。時間は止まっているんだよ。五年前からずっとね」

わたしたちは無言で立ち上がり、会計をすませて外に出た。わかれぎわに彼が言った。

「告白したいことがある。よびかけてもこたえない人形みたいな姫子さんと、ふたりきりで部屋にのこされたとき、キスしたんだ」

暗闇のおくから波の音だけがしずかにおしよせてくる。夜の海は宇宙のようだ。視界におさまらない大きな暗闇に、今もたくさんのひみつが沈んでいるのだろう。家にはいる前に、しばらく海をながめながら、小太郎に言われたことを反芻《はんすう》した。

家のなかから赤ん坊の泣き声が聞こえてきた。今日も姉が来ているらしい。入院していた時期をのぞけば、わたしは生まれたときからこの家に住んでいる。いつかそこを出てひとりだちするときがくるのだろう。わたしは漠然と東京の大学に進学することをかんがえていた。

帰宅して夕飯をとったあと、わたしは居間で赤ん坊とむきあい、ほっぺたを人さし指でもてあそんだ。この子がいつか大きくなって、日本を背負うサラリーマンになり、姉夫婦の老後の面倒を見るんだなと想像した。子どもはかわいい。わたしは恋愛にむかないガリ勉女なので、男子とつきあうイメージが持てず、結婚も出産もしないのではとかんがえていた。

「小太郎と痴話《ちわ》げんかでもしたの？」

ひとりで寝室にいたら、姉が部屋にはいってきて聞いた。すやすやと眠る赤ん坊をだいていた。わたしのようすがおかしいことに姉は気づいていた。

「痴話げんかの、痴話というのはね、愛しあう者どうしがたわむれてする話って意味なんだ。だから姉さんは、かんちがいしてるよね」

「ほんとうにそうかな?」

「わたしと小太郎は、先生と生徒よ。逆転して、今ではあいつが先輩になってるだけ」

「ややこしいね」

「まったくだよ」

姉はわたしのベッドにこしかけて、シーツの表面を手のひらでなでた。ストーブの炎をうけて、姉の横顔は橙《だいだい》色だった。

「姫子、夜はずっとここに横たわってた。昼になると、父さんや小太郎がかかえて車いすにすわらせてたの。あの子、ずっとここにいりびたってたのよ。姫子がさみしくないようにね。わたしはあなたがうらやましかったけどな」

うらやましかったのはわたしのほうだ。姉のそばにはいつも男の子がいた。人生をのびのびとたのしんでいるように見えた。

「小太郎のは、そういう感情とはちがうよ。わたしのなかにあるのも、きっとちがうにきまってる」

赤ん坊がおきて泣きだした。わたしもだんだんかなしくなってきた。小太郎になにかしらの感情をいだいているのはたしかだ。でもそれは、姉が言うようなものだろうか。赤ん坊のぎゅっとつむった目から、透明《とうめい》なしずくがにじんでながれた。

「あの日、入り江に浮かんでるあの子を、わたしも見たよ。海沿いの道をあるいてるときだった。あの子が小太郎だったって知ったのはずっとあと。そのときは、ぽつんと浮かんでる物体が見えただけで」

「人間か流木かわからなかった？」

「距離があったから。わたしがのった電車の、ひとつあとにあなたが乗ってきたみたいね。そして例の水難事故がおきたってわけ。家に電話がかかってきてたいへんだったよ。病院に行くと、青ざめた顔のあの子が立っててね。救助されて、バスタオルをまいてたよ。脱いだ服は、砂浜のとこにわすれてきたみたい。あのころは背がひくくて、ほんとうにちいさな子どもみたいだったよね。流木につかまって浮かんでいるところを発見されたんだって。あの子がつかまってた流木に焦《こ》げ目があったこと聞いてる？」

わたしは首を横にふった。

「流木に黒い焦げ目があったのよ。たぶんどこかに生えてた木が、雷にうたれておれたんだろうって話してた。あのことがあるすこし前に、すごい雷の日があったものね」

まったく、迷惑な雷だ。姉がゆらしたおかげで、赤ん坊がしずかになった。

「その日に、全部、ぶっこわれたんだよって小太郎が言ってた。姉さん、おしえて。どうすればいい？」

姉はまじめな顔をして言った。

「小太郎にあって、結婚して、って言いなさい。あの子を逃すと、きっともうあんた、一生、無理よ」

もちろんその提案《ていあん》は却下《きやっか》だ。

ひとり暮らしの計画を説明すると、母は心配そうにしていた。

「地元の予備校じゃだめなの？」

三ケ月前まで寝たきりだった娘を、ひとり暮らしさせたい親などいるはずもなかった。いつまた体調がおかしくなるかわかったものではない。長期の昏睡状態から目ざめた者には後遺症がのこっている場合が多いのだ。わたしは片足の不自由がのこってしまった。それだけですんだのは奇跡的なことだった。

「決心がにぶらないうちに、東京に出発したいんだよ。それに、わたしはもう二十一歳でしょ。バイトしながら予備校にかよってひとりだちするべきだ」

どの予備校にかようのか、どのへんに住むのか、わたしは自分で決めたかった。毎日、電話連絡することを条件にひとり暮らしの許可を父母からもらった。

わが家から東京までは電車と新幹線をのりついで二時間ほどだった。中学時代、友だちといっしょに出かけたことはあるが、ひとりで行くのははじめてだ。

いくつかの予備校を見学してパンフレットをあつめた。ひとり暮らしの部屋はいくらぐらいかかるのだろうかとおもい、駅前の賃貸住宅業者のはり紙をながめた。東京の家賃相場の高さにおどろき、はたしてやっていけるのかと心配になった。

体が二十一歳でも、経験値は十六年分しかなかったので、多くのことに手こずった。どこに行っても、子どもだからと、おいかえされるような気がしていた。しかしわたしは大人として認識され、寝たきりだった過去を知っているものはいなかった。杖をついて東京の町をあるきながら、ここちよい自由さを感じた。きっといろいろな人がこの都市に住んでいて、わたしのような人間は特別でもなんでもないのだろう。

都会にしかない大型書店で、五年の間にたくさん出ていた好きな作家の本を購入した。本のつまった袋をさげて駅にむかった。日帰りする約束を母とかわしていた。地球の白い息をはきながら人ごみをあるいていると、冬の空が夕暮れにそまった。

まるみさえ感じとれるような高くすんだ空だった。わたしは立ちどまり、小太郎のことをおもいだした。彼とはファミレスで話をして以来、一週間ほどあっていなかった。

すこしかんがえさせてほしいと、わたしは返事をした。
かんがえがまとまったら連絡がほしいと、小太郎は言った。
あれから毎日、あいつの顔をおもいだす。ふとした瞬間、こうして町で立ちどまり、あいつの目やしぐさが頭をよぎる。これが例の、あの感情かもしれないとおもうことがある。今すぐにでもあいつのいるところにはしっていきたいような気もする。だからといってすぐにあうことはできない。あいつは負い目と責任を、その感情とまちがえているのかもしれない。わたしはこの感情を、信じていいものかどうかわからない。これが友情ではないと言い切れない。ほんとうのきもちがたしかになるまで、あいつにあわないほうがいい。わたしは都会の空をあおぎ見た。ビルのてっぺんで赤いランプが明滅《めいめつ》をくりかえしていた。

翌日の夜、海沿いの田舎町に雪が降った。わたしは厚手のセーターを着こみ、二階の部屋で勉強をした。海は暗闇の中で、白い雪の粒を音もなく無限にすいこんでいるのだろうと、わたしは勉強しながら想像した。以前の自分なら眠っていた時間だ。しかし東京へ出かけたことが、わたしの勉強意欲をかきたてていた。いくら問題を解いても足りない気がした。深夜一時。燃料がきれたらしく、石油ストーブの炎がちいさくなって消えた。

姉の部屋に小型の電気ストーブがあったなとおもいだした。あれなら軽いので杖をついていてもかんたんに持ってこられるはずだ。昏睡状態からさめて以来、姉の部屋にはあまり入らなかった。結婚して家を出ていたので、姉の部屋は物置になっていた。

姉の部屋で電気ストーブをさがしていると、見おぼえのある物体が目についた。それは棚の上にほっぽりだされてほこりをかぶっていた。ふでばこのような四角いプラスチック製で、あかるい黄色だった。首からさげられるように、ひもがとりつけられている。どこで見たのかをおもいだすのに、すこしだけ時間がかかった。

「病院でひろったの。たぶん小太郎が持ってたものだとおもう。たまたまひろって、いつかかえそうとおもってたんだけど、すっかりわすれてたよ」

夜中だったが、姉はまだおきていた。電話ごしにわたしは説明を聞いた。部屋で見つけたのは小太郎のオペラグラスだった。

「病院で？」

「うん、病院でひろった」

ひらいてレンズを出してみようとおもったが、砂かなにかがかんでしまってかんたんにひらかなかった。ペンのさきをつかってこじあけると、ぱらぱらと砂をちらしながらふたつのレンズがおきあがった。ずっととじてこりかたまっていたまぶたが、ようやくひらいたように見えた。

三日間、多くのことをかんがえた。オペラグラスを顔にあてて遠くをながめながらなつかしいおもいでにひたった。倍率は三倍ほどだったが、海岸を飛んでいるカモメの観察にちょうどよかった。どれだけ頭からふりはらおうとしても、あいつの顔がちらついた。窓辺で海を見ているわたしのそばに、姉がちかづいてきて、どうして泣いているのかと聞いた。姉にはなにもおしえなかった。

わたしと小太郎は、ずっと1997年のなみうちぎわにいた。あの子は体が大きくなったけれど、きっとまだあの砂浜にいる。

4

空一面に灰色の雲がひろがっていた。わたしは入り江の砂浜におりると、うちあげられている板を杖のさきでついたりしながら、高校生のときの記憶をひっぱりだした。あのころわたしは無遅刻無欠席の大記録をつくるために体調をくずさないよう気をつけていた。風邪をひかないよう、シャツをズボンにしっかりいれておなかをまもった。おもいだすとおかしくなってきて、寒さでふるえながら、わたしはにやにやした。

「よかった、きげんがよさそうで」

灰谷小太郎がいつのまにかすこしはなれたところに立っていた。海沿いの道に彼のバイクがとまって、そこから砂浜に足跡が点々とつづいていた。学校がおわって直接きたらしく、彼は制服すがたで、潮風に目をほそめていた。わたしたちはならんでなみうちぎわをあるいた。

「半月ぶりだね。チョコレートもらった？」

２００３年2月14日。世間ではチョコレートを贈る日だ。彼はきっとたくさんもらったのだろうなと想像した。

「うん。でも、ぜんぶ義理だとおもう。女子はたいへんだな。みんなにああいうのをあげなくちゃいけないんだから」

「どういうのをもらったの？」

「手書きの手紙がそえられてて、愛の告白めいた文章が書かれてるんだ」

どうやったらそれを義理チョコだとおもえるのか聞きたいところだ。でも、まあいいか、とおもいながら、わたしはポケットからチロルチョコをとりだした。家をでるとき、台所の棚で発見したものである。

「はい、これ。いちおう、あげるよ」

小太郎はちっぽけな二十円のチョコを手にとってうなずいた。

「これは本命だよね」

「そう見えるの」

小太郎はにっこりとわらって、チョコレートをポケットにいれた。体温でとけなければいいがと心配していたら、彼がいいことをおもいついたという顔で提案した。

「そうだ、たき火だ。たき火をしよう」

「さあ、いよいよおかしなことを言いはじめたぞ……」

「わるいけど、姫子さん、俺はちょっとたき火にはうるさいよ」

ふたりでてわけして燃えそうなものをひろいあつめた。海岸にうちあげられている板や、道ばたにおちていたゴミ、ちかくの雑木林からはこんできた枝を砂浜に置いた。たき火に美意識を持っているらしい小太郎の指示にしたがってわたしはうごいた。枯れ枝をつんで、ちいさな山ができると、わたしは不安になった。

「ほんとうにやるの?」

「俺はね、姫子さん、あそびで火をともそうとしているわけじゃない。本気のたき火を、これから見せてやる。でも、すこしまって。ライターを買ってくる」

駅前にさびれたたばこ屋があった。小太郎はライターをもとめてその店にはしった。わたしはひとりで砂浜にすわってうちよせる波をながめた。それにあきると、杖のさきで砂に燃焼反応の化学式を書いた。炭素1モルと酸素1モルから二酸化炭素1モルが生成するときに発生する燃焼熱は何キロジュールだろうかと計算した。こたえは393キロジュールだった。

やがて息をきらせながら小太郎がもどってきた。制服だったので買うのに苦労したらしいが、彼はライターをにぎりしめていた。小太郎はおちていた漫画雑誌をやぶって火をつけた。ちいさな火種《ひだね》を枯れ枝の山にいれると、火はまず小枝の先端に燃えうつり、しだいに大きくなっていった。枯れ枝の山のうちがわから、白いけむりが発生しはじめた。わたしたちは真剣なきもちでたき火とむきあった。ぱちぱちと枝の焦《こ》げる音がした。わたしたちはおしゃべりをやめて、目の前でゆらめいている、蛇《へび》の舌にも似た炎に見いった。

燃焼とは発熱と発光をともなう酸化反応である。炭素と酸素が出会い、くっつくことにより、赤色のかがやきは生みだされる。わたしは小太郎の横顔を見て、また炎を見つめた。色恋沙汰《いろこいざた》にはうといほうだが、愛と恋のちがいについて抱いているイメージがある。燃焼反応の化学式だ。愛とは状態のことで、恋とは状態が変化するときに放出される熱なのではないか。一階から二階へ階段をのぼると体があったかくなるのとおなじだ。心が熱を発しながら、今よりも上の、広くてふかい愛情の段階へ移行しているのだ。

「あのころは俺、登校拒否してて、勉強なんてきらいだったのに。今、まともに高校にかよってるなんて、ふしぎだな」

「どうして勉強するようになったわけ?」

「姫子さんがおきたとき、俺がちゃんとやってないと、がっかりするだろ。それに、今度はおれが勉強をおしえようとおもってね。だから、あの事故のあと、一度も学校をやすんでないんだぜ」

「きらいな先生でも、がまんして通った?」

小太郎は枝でたき火をいじった。枝に炎がのりうつって、それをしずかに見つめた。たき火の中から枝のはぜる音がして、火の粉がふきあがった。

「イバラ、だっけ？　担任教師の先生」

「うん、小五のときだった。昼休みに、あいつのものまねをして、友だちをわらわせてたんだ。それが見つかって、あいつ、俺のことばかり集中的に攻撃しはじめた。だれかが掃除をさぼってても、見ないふりするのに、俺があそんでいると、怒るんだ。俺がなにかやらかすのを、いつも見はってたんだよ。算数のテストの前に、イバラが言ったんだ。もしも点数が五十点よりひくかったら、放課後にいのこりで勉強させるからな、って。俺はみんなとあそびたくてがんばった。結果は四十七点。でも、もどってきた解答用紙を見て、あれ？　っておもった。正解を書いてたはずのところが、まちがった解答になおされて、ぺけをもらってたんだ。ここはあってたはずだよ、って俺はイバラに話した。でもとりあってくれなかった。あいつの目を見て、俺はわかったんだ。解答用紙を書きかえたんだ。まちがったこたえになおして、俺をいのこり組にいれたんだ。そんなの反則だろ。俺のことがきらいだとしても、やっちゃいけないことだよ。大人がそんなことするなんて、信じられなかった。ほかの先生に話しても、親に言っても、信じてくれる人はいなかった。あいつのものまねなんて、しなきゃよかったよ。でも、俺のしたことなんて、あいつがやったことにくらべたら、ちいさなことだとおもうんだ。学年がかわって、イバラとおさらばになるはずだった。でも六年になってもあいつが担任だった。最悪だよ。だから俺、六年生の春から学校に行くのをやめたんだ。あのころの俺、大人がきらいだった」

小太郎は持っていた枝をたき火のなかにほうりこんだ。

「あのころ、姫子さんのことも大人に見えたよ。いいやつそうだけど、内心ではイバラみたいに、俺のことをきらいだったらどうしよう、って。姫子さんのことを、信じていいのかどうか、わからなかったんだ」

「だから、ためしたんだね」

ゆれる赤いかがやきのせいで、わたしたちふたりの影はふるえていた。わたしはポケットからオペラグラスをとりだした。

「これ、姉さんの部屋にあった」

「なくしたとおもってた。百合子さんが持ってたのか」

「病院でひろったあと、わすれてほったらかしにしてたみたい。最後につかったのは、この入り江だったんでしょう。砂がはさまってたよ。星のような形をした砂。近所では、この入り江にしか見あたらない、有孔虫の殻だ」

「うん。最後につかったのは、この入り江だ」

「それも、砂浜でつかってたんじゃない。首からさげて、入り江のまんなかで立ち泳ぎしながらつかってたんだ」

「どうしてそうおもうわけ？」

「あの日、救急隊員がわたしとあなたを救急車にのせる様子を想像したんだ。きっとあわただしかったんだろうなって。だから小太郎は、脱いだ服を砂浜のとこにわすれて、病院ではバスタオルだった。姉さんがそう言ってたよ。でも、おかしくない？オペラグラスだけは病院に持ってきてたなんて。だからきっと、これは小太郎が首からさげてたんだってかんがえたんだ」

オペラグラスにはひもがついていて、首からさげられるようになっている。彼はこれを首からさげておよいでいたのだ。

小太郎はオペラグラスをうけとり、つよくにぎりしめた。

「姫子さんのかんがえてることはただしい。もう、気づいてるんだろ」

わたしはうなずいた。五年前、小太郎は入り江のまんなかでおぼれていた。でもそれは嘘だった。小太郎はおぼれたふりをしただけなのだ。

なみうちぎわにむかって彼があるきはじめたので、わたしはそれをおいかけた。波がおしよせて、ひいていく、永遠の運動をくりかえしていた。たき火からはなれると、つめたい世界だった。流木か、人か。五年前、わたしたちはこの場所で、入り江のまんなかに浮かんでいる物体を見つけた。小太郎はそれを人だと言い、わたしは流木だと言った。距離があって、その正体がどちらなのかわからなかった。

「前日にけんかしただろ。だから信じられなくなって、証明しようとしたんだ。おぼれてる俺を見て、姫子さんは、きっと見すてて逃げるにちがいないって」

「入り江のまんなかから、なみうちぎわを見たとき、あるいてる人の顔までわかった？」

「だめだった。流木か、人か、それもわからない距離だ。だからあの日、これを持って行くことにした」

小太郎はオペラグラスを見下ろした。灰色の海から波が手をのばして彼の靴をぬらした。電車の音が遠くから聞こえた。一両編成のバスみたいな電車が遠くをよこぎっていた。

「あの日、電車が駅に着くたびに、海にはいって入り江のまんなかへ移動した。そこで立ちおよぎして、姫子さんが通りかかるのをまった。だれも駅でおりなくて、またなみうちぎわにもどるっていうのを、何度かくりかえしたよ。道を通る人はあんまりいない。遠目からでも制服の見わけくらいついた。姫子さんがきたら、すぐにおぼれたふりをするつもりだった。でも、ひとつだけ気をつけなくちゃいけないことがあった」

五年前の事故の日、おろしたての茶色の鞄を姉が持ってかえってくれた。最近、鞄のなかを見てみると、当時の荷物がはいっていた。五年の間、一度もつかわれたようすはなく、姉がその鞄を持って外をあるいたのは事故の日だけだった。

先日、小太郎がファミレスでわたしの茶色の鞄を見たとき、姉からゆずりうけたのかと質問した。彼は事故の日に姉を目撃していたのだ。どこから？　入り江のまんなかからだ。彼が海に浮いていたことは姉の話から聞いている。

小太郎はオペラグラスで姉の通る姿をチェックしていた。なぜそんなことをしなくてはいけなかったのか。

「悲鳴をあげて、よびとめる相手を、まちがっちゃいけなかった」

「姫子さんと、百合子さんは、外見が似てたからね。制服もいっしょだったし」

流木か、人間か。妹か、姉か。入り江のまんなかにいる小太郎は、姉ではなく、わたしにむかってさけぶ必要があった。先生、たすけて、と。

「姫子さんが俺を見すてて逃げたら、そのことをわらって、へこませてやろうとおもってたのにな。おもいだすと、頭がおかしくなりそうだ。姫子さんが海にはいってきておよぎはじめたとき、俺、やばいとおもったんだ。ただのおぼれたふりだから、浜辺にもどってよって、知らせようとした。でも、姫子さんは気づかなかった」

「あなたのそばまで泳いだけど、力つきちゃったんだ。逆におぼれちゃって。あなたにしがみつかれたんだとおもったけど、そうじゃない。沈んでいくわたしを、ひっぱってたすけようとしたのか。オペラグラス、首からさげてたのにも気づかなかったな」

「救急隊員が駆けつけて、姫子さんに人工呼吸したんだ。みんな必死な顔だった。俺はこわくて何も言えなかった。五年間、ずっとだまってた。頭が破裂しそうだったよ。どこにいてもおちつかない。人が話しかけてくるたびにびくびくしてた。俺は姫子さんの家族の人生を半分くらいこわしてるとおもうんだ」

ひたひたとなみうちぎわでゆれている水のなかに小太郎が入っていった。わたしも彼のとなりに立つ。海がゆらめくたびに、膝のあたりで水面の感触が上下した。小太郎は水平線を見ていた。つかれたような横顔だった。心をすりへらして彼の少年時代はおわってしまったのだ。

「わたしは結局、死ななかったでしょう。あなた、だれもころしてないじゃない。たき火のそばにもどりましょうよ。ここにいると、冷たくて、なんだかさびしいよ」

わたしは小太郎の腕をつかんでひっぱった。

「もしかしたらずっと回復しないままだったかもしれない。そのままおばあちゃんになって、死んでたかもしれない。それでも俺、毎日、あの家に通って、最期までいっしょにいようとおもってたんだ」

砂浜をふりかえると、炎は何かを空へおくる儀式のように燃えつづけていた。

「罪の意識や、良心の呵責《かしゃく》も、あったとおもうよ。でもね、もっとちがう感情が胸の中にあることも、俺はわかってた。拷問《ごうもん》のようだったよ。それのせいで俺は、頭がどうにかなってしまいそうだった。それにくらべたら、罪の意識とか、良心の呵責なんて、ちっぽけなもんさ。もっとそれは、ほんとうに息がくるしいようなきもちなんだ。かなしいような、つらいようなものだったんだ。だから俺は、毎日、そばにすわって名前をよびかけた。波の音を聞きながら、しずかな部屋で俺は、その名前を口にした。長い眠りからさめたら、俺はつたえようとおもっていた。ごめんなさい、先生。姫子さん、ごめんなさい。ためしたりなんかして。そんなこと、しなくてもわかってたはずなのに」

あのとき、海面でゆれている黒い漂流物を小太郎が発見した。小太郎は人だと言い、わたしは流木だと言った。寝たきりのわたしも、どちらかわからない状態だったにちがいない。わたしの目がさめたのはたぶん、彼が名前をよびつづけてくれたからだ。

わたしたちはたき火のところまでもどって、肩をよせあい、あたたまった。みっともないことは絶対にするまいとおもっていたのに、わたしは結局、鼻をすって、涙をふいた。

入り江の上をカモメがとんでいた。潮風をつばさにうけて、高く上昇した。


2003年3月末。

校門から校舎までつづく桜並木はほぼ満開だった。わたしのかよっていた高校は、春やすみにはいっており、生徒はあまり見かけなかった。

事務室をたずねると、女性の事務員がテレビをながめていた。報道番組で空爆のニュースが語られていた。ずっと休学あつかいになっていたわたしは、ようやく退学届を提出した。音楽室のあたりから、管楽器の調整をする音が聞こえてくる。管楽器は英語で【a wind instrument】。風の楽器だ。

囲碁部の部室に行ってみると、小太郎が腕組みして碁盤《ごばん》をにらんでいた。対戦していたのは男の先輩で、どうやら部長のようだった。対戦をそばで見せてもらっていたのだが、女子部員が何人か部室にはいってきて、わたしのほうをじろじろと見るので居心地がわるかった。

「ひっこしの準備はすんだ?」

「帰ったらいそいでやらなきゃ。記念に校舎の中も見てみたいんだけど、はいってもだいじょうぶかな?」

「こそこそしてれば、問題ない」

部室を出て、わたしたちは、こそこそと校舎にはいった。

廊下で耳をすますと、ざわめきと足音が聞こえてくるようだった。自分のいた教室にも行ってみた。三学期のおわったあとは、教室がすっかりかたづいていて殺風景だった。

窓をあけると、風がはいってきてカーテンがゆれた。外からホイッスルの音が聞こえてくる。グラウンドで陸上部が練習しているのだ。すぐそっちに行くよ、とか、わかった、待ってる、とか、小太郎と恋人らしい会話をした。これからいろいろなことがあるのだろうな、とおもった。でもわたしたちはだいじょうぶだとおもうよ、と小太郎に話をした。だって、わたしはあなたを見すてなかったし、あなたもわたしを見すてなかった。だからだいじょうぶだという気がするんだ。わたしたちはうなずきあった。小太郎は囲碁部の部室にもどり、わたしはひっこしの準備をするため学校を出ることにした。

　1997年の夏、わたしたちは先生と生徒だった。

けんかをして、海沿いの道を、汗だくになりながらあるいた。

小太郎はいらついたような顔であるき、わたしも、むっとした表情だっただろう。

はるか遠い、大昔のことだ。

杖をつきながら校門にむかっていると、音楽室のほうから、管楽器の演奏が聞こえてきた。卒業式で演奏される、聞きおぼえのある曲だ。長い調整をようやくおえたらしい。わたしは立ちどまり、耳をすませた。

風がふいて、前髪をゆらす。風と自分の呼吸とがかさなり、とけあった。入り江で沈んでいる夢を、もうわたしは見ない。

キャベツ畑に彼の声

1

国語の授業で、本田《ほんだ》先生が『はつ恋』というロシアの小説を紹介した。わたしたちとおなじ年齢だったとき、その本を読んで、小説のおもしろさをしったのだという。

本田先生は昨年からうちの高校につとめている国語教師である。二十六歳男性で、教師になってまだ三年だ。やたらと女子に人気があり、とくに、黒いセルフレームのメガネがいい。先生のメガネは、まるでうまれたときからかけているんじゃないかというくらい、にあっていた。先生の周囲にはいつも話をしたがっている生徒たちがむらがっており、わたしは遠くからそれをながめているだけだった。わたしと先生のあいだにあるやりとりといったら、授業のはじめに出席をとるときの、名前をよんだり返事をしたりという程度だ。

「小林《こばやし》久里子《くりこ》」

「はい」

先生の声は芯《しん》がとおっていて、青空にひかれた飛行機雲のようである。

お昼になると先生は、だれかのつくった愛らしい手作り弁当を職員室で食べる。白いご飯のうえにそぼろがのっているという。恋人と結婚間近なんじゃないかと、ほかのクラスの女子たちが話をしていた。まったく、ざんねんな話である。

わたしは部活をやっていないので、放課後はひまだった。おなじような帰宅部なかまとおしゃべりしてから帰ることもあるが、その日はまっすぐ駅前の書店にむかって『はつ恋』を買った。文庫本にカバーをかけてもらいながら、財布《さいふ》のなかみを確認して、バイトをがんばろうとおもった。

レジでうけとった文庫本をにぎりしめて、ほかになにか読んでおくべき本はなかったかなとかんがえた。先生はほかに、なにか本の題名を言ってなかったっけ。

新刊コーナーのまえでわたしは足をとめた。まっ白な表紙の本がならんでいて、ひときわ目だっていた。

『音楽館の殺人』　著者・北川誠二《きたがわせいじ》

わたしの好きな書評家が、『本年度最高のミステリ！』と帯にコメントをよせていた。まだ夏なのに、もう本年度最高なんて言っていいのだろうか。それはともかく、これまでわたしはその手のジャンルにふれたことがない。帯に書いてあるあらすじに目をとおしてみた。ある大雪の晩に音楽館という名前の屋敷で密室殺人が発生し、偶然にいあわせた主人公の教師が事件にまきこまれるという内容らしい。

わたしがその本に興味をいだいたのは一瞬で、他の本をながめているうちにすっかりわすれてしまった。

結局、文庫本を一冊買っただけで書店を出た。太陽が駅前を白くかがやかせており、歩道橋や木の葉の影が地面におちていた。女性は日傘《ひがさ》をさし、男性はハンカチで汗をぬぐっていた。わたしはまぶしさに目をほそめながら、自宅にむかってあるきはじめた。

ひときわあつかった夏のこの日、わたしははじめて北川誠二という名前をしった。やがてこのミステリ作家と交流をもつようになり、結婚式にまで招待されることになろうとは、人生は不可解なものである。

夏休みに入ると、母の切ったスイカを食べながら、テレビをながめてすごした。天気予報で台風発生のニュースを見たり、高校球児が白球を高く打ち上げるのを見たりした。空には入道雲が高くそびえ、蟬《せみ》の声がしきりに聞こえていた。いつまでも遊んでいたかったけど、たまに自分の部屋でバイトにいそしんだ。

「テープおこし」という仕事を紹介してくれたのは、都内の出版社につとめる叔父《おじ》だった。叔父は隔週《かくしゅう》で発売されるテレビ雑誌の編集をやっていた。二週間分のテレビ欄《らん》や、まもなく公開される映画の情報などが掲載《けいさい》されている、よくある情報誌だった。毎号、たくさんのインタビュー記事や対談記事が掲載されている。そこで必要になってくるのが「テープおこし」という作業だった。

取材したときの録音素材を記事にまとめるには、内容をひとまず全部パソコンに入力し、文章データに変換しなくてはいけない。録音テープを再生し、会話を耳で聞きながら、キーボードをたたいて一文字ずつ入力していくのだ。それを専門にやってくれる会社もあるが、たいていの雑誌編集部では、編集者やライター本人がおこなっているという。

なにかバイトをしたい、という話を母にもちかけたところ、それが叔父の耳につたわり、何本かのカセットテープをわたされた。顔を見たこともない編集者やライターが、相手から話を聞き出そうとしている様子が録音されていた。その会話を文章データにするだけで数万円がもらえると聞いて、とびついた。

夏休み中にわたしは何本もテープおこしをこなした。文章化したデータをメールに添付《てんぷ》して叔父におくったら仕事は終了である。自宅で、だれともあわずにできるというのがありがたかった。
夏休み後半のある日、あらたなカセットテープが叔父からとどいた。配達されてきた封筒のなかにテープと手紙がはいっていた。

久里子さんへ。
うちの雑誌で連載中の、北川誠二先生のエッセイをご存じでしょうか。作家の北川先生が、毎号、なにかしらの話をしてくださるという連載です。うちの編集長が彼の小説の熱狂的なファンで、たのみこんで無理矢理にひきうけてもらった企画です。多《た》忙《ぼう》な方らしいので、本人が書くのではなく、彼に取材したものをライターが文章にまとめてエッセイ風にしています。このテープおこしを、今後は久里子さんにやっていただけたらとおもっています。ちなみに、「ええと」や「うーん」などの意味のない箇所《かしょ》は文章におこさなくてもかまいません。

叔父の手紙には、わたしがよくテープおこしをがんばっていることや、報酬をふりこむための銀行口座をおしえてほしいという連絡事項もかかれていた。わたしは手紙をにらんで、北川誠二という人の名前に見おぼえがあるけど、だれだっけ、とかんがえた。叔父の編集しているテレビ雑誌のバックナンバーをひっぱりだして、その連載エッセイを読んでみた。

芸人や映画評論家など、いろいろな人のエッセイがごちゃっとあつめられているページに、北川誠二の名前があった。誌面の片隅に彼のプロフィールが掲載されており、最近の著作のところに『音楽館の殺人』と書いてあった。夏休み直前に書店で見かけた本の人だ、とおもいだしたが、それ以外の情報はない。

夕飯のあと、さっそく北川誠二のテープおこしにとりかかることにした。九十分のカセットテープが一本きりなので、がんばれば一晩でおわらせられるはずだ。

自室の窓を網戸《あみど》にすると、夏の夜のしめったような空気が部屋にはいってきた。うちのとなりは畑で、さらにむこうにはビニールハウスがならんでいる。春になると畑には一面にキャベツが育ち、モンシロチョウが飛んでいるのをながめることができた。扇風機をつけて、誕生日にかってもらったパソコンを起動した。耳にイヤホンをはめて、テープを再生すると、録音されていた会話が聞こえてきた。

「……じゃあ、ええと、はじめたいとおもいます。今回もよろしくおねがいします」

「よろしくおねがいします」

ふたりの声が録音されている。片方は編集部の人間で、もう片方が北川誠二にちがいない。エッセイのテーマはとくに決められていないらしく、最近のおもしろい出来事などが語られるようだ。

「あれ？　北川さん、携帯電話、買いかえたんですか？」

「はい、ＰＨＳにしました」

テーブルにおかれていたらしいＰＨＳが、手に取られるような音。

「そういえば、しってました？　携帯電話とＰＨＳのちがい。携帯電話は自動車電話が進化したもので、ＰＨＳはコードレス電話の子機が進化したものらしいですよ」

「あ、それ、おもしろい。今回のエッセイ、一本はその話にしましょう」

テープを停止すると、わたしは深呼吸した。パソコンの画面には、まだ一文字も表示されていなかった。わたしは仕事をわすれて北川誠二という作家の声に聞き入っていた。

芯がとおっていて、まっすぐだ。まるで、飛行機雲みたいに。なにかのまちがいではないのか？　声がにているだけの他人じゃないのか？　そうおもいながら、ふたたび再生してしばらく聞いてみたのだが、確信はつよくなるばかりだった。わたしは、本棚にささっている、ツルゲーネフの『はつ恋』をみあげた。

二学期がはじまっても、わたしたち生徒の頭のなかは、夏休みのなごりでうすもやがかかったみたいになっていた。九月になっても太陽は一片の慈悲もなく地面にてりつけていた。下敷きをうちわがわりにして風をつくってみたが、腕をうごかすというカロリー消費行動のおかげで逆にあつくなった。うちの高校の場合、教室にエアコンはついておらず、夏はひたすらにあついのだ。

けだるそうに机につっぷしている男子生徒に、二十六歳の男性国語教師がこっそりしのびよって、耳元でおおきな声をだした。

「おきろっ！」

男子生徒が、わっ、と言ってとびおきると、周囲のみんながくすくすとわらった。一ヶ月半ぶりにおこなわれる国語の授業だった。本田先生もわたしたち同様に日焼けをしていた。先生は黒板のまえにもどると、チョークで小気味のいい音をひびかせながら、教科書の一文を黒板に書きうつした。

「この文章が登場人物のどんな心情を表現しているのか……」

先生が黄色いチョークで書いた部分を、同級生たちは、赤ペンでノートにうつしとった。わたしは机にほおづえをついて、目をとじると、先生の声に聞きいった。その声は、カセットテープに録音されていた小説家の声とまったくおなじである。しかし、先生が北川誠二であるという証拠はない。

授業の後で先生に話しかけてみて「ほんとうのところどうなんですか」と聞き出してみるべきだろうか。このままでは気になって勉強にならない。しかし、教室を出て行こうとする先生の周囲に、おおぜいの女子がむらがったのであきらめた。

翌日の授業のあとも、国語がないふつうの日に廊下ですれちがうときも、本田先生の周囲にはかならずほかの生徒がいた。わたしは先生に直接、質問するのはやめて、編集者の叔父に聞いてみることにした。

北川誠二さんって、本業は高校の国語教師をやってませんか?

テープおこしの文章データをメールでおくるとき、ついでにそのような質問を書いてみた。

叔父からの返信メールは、つぎのようなものだった。

久里子さんへ。

立場上、僕の口からお答えすることはできません。

ごめんなさい……。

ネットで検索《けんさく》してみたが、北川誠二は覆面作家として活動しており、顔写真がなにかの媒体《ばいたい》に掲載されたこともないらしい。作品にたいする書評家の評判はいいが、一般的な認知度はひくかった。彼の本は、デビュー作の『ゴーストライター』、二作目の『覆面作家の孤独』、最新刊の『音楽館の殺人』の三冊が出版されている。それらは一連のシリーズになっていて、おなじ主人公が登場するらしい。

ためしに『ゴーストライター』を書店で購入した。奥付を見ると出版されたのは四年まえだった。わたしが十三歳のときで、先生が二十二歳のときである。ミステリというジャンルをはじめて読んだのだが、それはおもしろい体験だった。小説の内容は、有名なミステリ作家が実はゴーストライターをやとっていて、自分の作品を書かせていたのだが、しだいに脅迫されるようになって、しかたなく殺害してしまうというものだった。ストーリーは波乱にみちていて、一気読みしてしまった。この本を本田先生が書いたのだとすると、わたしは先生のことを尊敬してしまう。ちなみに、主人公の職業は高校の国語教師で、黒いセルフレームのメガネを愛用しているという描写があった。

黒いセルフレーム！　それは本田先生のとおなじではないか！

本人に確認できないまま日々がすぎていき、九月半ばころに本田先生が、ある宿題を出した。国語の教科書に掲載されている小説について、自分なりのかんがえをノートに書いて提出する、というものだった。自宅の部屋で、わたしは何時間もまよって、宿題の最後のほうによけいな一文をつけたした。

北川誠二の本を読みました。

あの小説、本田先生が書いたんですか？

国語の授業中、うしろの席の人がノートを回収して先生のところまではこんだ。ノートの束《たば》は職員室にもちかえられて、なにごともなくその日はすぎていった。

翌日、わたしは本田先生によびだされて職員室にむかった。

2

放課後の職員室には何人かの先生がいて、事務机のあいだをあるきまわっていた。

グラウンドのほうから運動部の発するかけ声が聞こえてきた。本田先生の机の上に、まあたらしい携帯電話が置かれていた。いや、それはよく見るとPHSだった。

「おれ、なにか口をすべらせたっけ？」

「いいえ」

「じゃあ、なんで？」

先生は職員用の椅子《いす》をきしませた。先生とまともに言葉をかわすのも、一対一でむかいあうのもはじめてだった。わたしは緊張して先生の目を見られなかった。

「やっぱり、先生なんですか、あの本……」

「……そうだとおもって、さしつかえない」

ばつがわるそうな顔で先生は言った。

「あーあ、まいったな……」

頭のうしろで手をくんで背のびをした。いたずらが見つかったときのような表情だった。二十六歳の本田先生は、まだ大学生みたいにわかくて、教師というよりも親戚のおにいさんみたいだった。この人の書いた本が出版され、書店にならんでいるのだ。小説家、という人を実際にはじめて目にした。

「おもしろかったです」

「読んだのか？」

「デビュー作の……」

「『ゴーストライター』？」

「はい、それです」

わたしは心ぼそくて、いつのまにかスカートの生地《きじ》をぎゅっとつかんでいた。

「あのオチ、どうおもう？」

「幻想的でした。主人公の国語教師が、犯人の小説家でもあって、あの小説そのものが彼の虚構《きょこう》世界だったなんて……」

廊下のほうからそうぞうしい声が聞こえてきた。男子生徒数人がはしゃいでいるらしい。教頭先生が職員室の戸をあけると、顔だけ出して生徒たちにどなりはじめた。わたしと本田先生は同時にそれをちらりと見て、それからおたがいに目をあわせた。

「主人公、自分がモデルなんですか？」

「国語教師だしな」

「先生っぽかったです。いろんなところが」

先生は髪をかきあげて、メガネの位置をただした。授業中にだれかを名指しするときのしぐさだった。先生がそうしたら、生徒たちは全員、顔をふせて先生と目があわないようにした。

「どうやって気づいたんだ。あの本の作者が、おれだってこと」

「ひみつです」

「かたいこと言うなって」

「そうかんたんに教えられないことが、女子生徒にはいろいろあるんです」

先生は、ため息をついた。

「じゃあ、この件については、なかのいい友だちにも、かたく口を閉ざしてられるか?」

「はい」

国語の授業のため教室にやってきたときや、廊下ですれちがったとき、先生と目があうようになった。わたしはほかの生徒にさとられないようにちいさくうなずいておいた。「だれにもしゃべってませんよ」という意味のうなずきだった。授業中の雑談で、携帯電話とPHSのちがいについて先生が話しはじめたときは、なんだかおかしかった。

ひみつの共有めいた感じが最初のうちはたのしかったが、そのうちになんだかうしろめたい気持ちになった。わたしは偶然に先生の副業をしってしまっただけなのだ。それを利用して先生とおちかづきになろうとしているかのようで、自分自身がなさけなかった。もっとも、職員室によびだされて以来、二人きりで話をすることもなければ、したしくなったわけでもなかったので、あまり気にする必要はなかったのかもしれない。

テープおこしをした雑誌が発売されて書店にならんだ。北川誠二のエッセイもページの片隅に掲載されていた。わたしが文章化したデータを、編集者がみじかくまとめたものである。自分の口にした言葉が、活字になるというのは、いったいどんな気持ちなのだろう。わたしは先生のエッセイだけ切りぬいて保管しておくことにした。

夏がすぎて、すずしくなった。木々の葉が赤色にそまり、コンビニには秋限定のお菓子がならんだ。クリやサツマイモやカボチャといった味の商品である。それらのお菓子を食べるたびに、秋は最高だ、とわたしはおもうのだった。

二学期の中間試験を目前にひかえたころには、先生の著作はすべて読破していた。二作目の『覆面作家の孤独』は、レンガのようにぶあつい本だった。一作目にも登場した主人公の国語教師が、覆面作家として活動するうちに、現実と夢の境界があいまいになっていくという内容である。そこに密室殺人事件やバラバラ殺人事件が発生し、自分が犯人ではないかと主人公はなやむのである。息をつく暇《ひま》もなく、先の展開が気になってしまい、次々とページをめくらされた。

中間試験のとき、試験監督として本田先生がうちのクラスにやってきた。生徒たちが無言で答案用紙にむきあっている教室で、先生は窓のそばにたち、たまに秋の空を見つめていた。あたらしい小説のあらすじでもかんがえているのだろうか。問題がまったく解けないので、途中からわたしは完全に手をとめて先生に見入った。

うちの高校では十月の前半に学園祭がおこなわれる。わたしは友人といっしょに放課後にのこって、たこ焼き屋の看板に色をぬった。教室を改造してたこ焼き屋をやることが学級会で決定していたのだ。赤色のペンキでタコの足をぬっていたところ、足が十本あることに気づいたけれど、まあいいか、と気にしないことにした。

学園祭当日、かざりつけされた校舎をうろついて、写真部や美術部の展示をながめてすごした。校門から校舎にかけてのメインストリートに屋台がならんでいて、大勢のつめかけている様子が窓から見えた。しりあいとたち話をしたあと、どこかでやすもうとおもっていたら、廊下のまがりかどで本田先生にあった。

「食うか?」

「いらないんですか?」

「無理矢理、買わされたんだ」

「みんなに愛されてますね」

「ありがたいよ」

先生のさしだした透明なパックは、輪ゴムでふたがとじられており、なかにやきそばがはいっていた。

わたしたちは階段の踊り場で、ひとつの勉強机をはさんで、椅子にすわった。そこはわたしの秘密の場所だった。うちの学校は屋上への扉が封鎖《ふうさ》されており自由に行き来することはできなかった。四階から屋上にむかうための階段は存在意義の希薄《きはく》さから倉庫がわりになっており、つかわれていない机やら椅子やらが踊り場につみあげられていた。それらはほこりまみれだったのだが、ある日、わたしはこっそりとぬれタオルで一部の机や椅子をきれいにした。昼休みなどにひとりですごしたいとき、わたしはここにやってきて仮眠をとるようにしていた。

学園祭の喧噪《けんそう》が、かすかに聞こえてきた。踊り場は、にぎわっている学校からきりはなされたみたいにしずかだった。

「これ、おいしいですよ」

やきそばを二、三本ずつ口にはこんで食べた。あまり麺《めん》がまぜられておらず、粉末ソースのこいところとうすいところの差がすごかったけど、おいしかった。わたしがわりばしで数本ずつ麵をつまんで食べていたら、先生が言った。

「なんですこしずつ食べるわけ？」

「こうしないと、うまく食べられないんです」

「世のなかにはいろんなやつがいるんだな」

「先生ほどじゃないです」

ひとつの勉強机をはさんですわっているとはいえ、わたしたちはむかいあっているのではなく、新幹線の座席のようにおなじほうをむいていた。先生は机の天板に右ひじをのせて足をくんでいた。壁の小窓からはいってくる光が先生の肩をてらしていた。

「小林は、国語の成績がいいよな」

「先生がいいからじゃないですか」

「おれ、生徒から見たら、どういう先生？」

「人気ありますよ。当然じゃないですか」

学園祭という特別な雰囲気が、わたしの緊張をとりのぞいていたのかもしれない。

先生の目のまえでやきそばを食べるというのは、普段だったらかんがえられない大胆さである。

生徒たちの、はしゃぎながら廊下をとおりすぎていく気配がつたわってきた。踊り場にやってくるんじゃないかと、ひやひやした。

「いつから小説を書いてたんですか?」

「……さあ、いつからだっけな」

先生は黒いセルフレームのメガネをはずして、つかれたような表情で背のびをすると、そのまま机につっぷした。

「先生、だいじょうぶですか」

「すこしやすませてくれ」

「お茶、買ってきましょうか」

「いや、いい」

「体調わるいんですか」

「二重生活につかれてるんだ」

「学校のみんなを、あざむいてる感じですもんね」

「そう、あざむいてる。おれは、あざむいてるんだ」

先生はつっぷしたまま、もごもごとつぶやいた。作家は大変なんだなとおもった。

「やっぱり、お茶、買ってきます」

わたしはたちあがって階段をおりた。何人かの生徒とすれちがい、チョコバナナやクレープを売っている教室のまえをとおりすぎた。クーラーボックスに氷水をいれてペットボトルのお茶やジュースを販売しているクラスがあった。

お茶を購入して、階段の踊り場にもどると、本田先生はもういなくなっていた。きっとよび出しかなにかがあって、行かなくてはならなかったのだろう。食べかけのやきそばが机のうえにのこされていた。

翌日は学校が休みで、そのかわり学園祭のあとかたづけがおこなわれた。教室のかざりつけをはずしたり、床にちらかっていた青のりやカツオブシをほうきで掃《は》いたりした。用なしになった看板をたたきこわし、友人とふたりで焼却炉《しょうきゃくろ》にはこんだ。ばらばらになった看板の破片を腕いっぱいにかかえて階段をおり、外に出た。校舎裏にさしかかったとき、友人が足をとめて、こそこそと校舎のかげにかくれた。なにごとかと、おもっていたら、友人が顔をかがやかせて手まねきした。

「久里子、こっち！」

腕にかかえている破片をおとさないようにしながら、彼女のそばにかけよった。友人は校舎のかげから駐車場をのぞいていたのだが、視線の先に本田先生がたっていた。先生は車のそばで、大学生くらいの女性とたち話をしていた。おとなしそうな顔だちの美人だった。

わたしと友人は、固唾《かたず》をのんでふたりをながめた。わたしたちのいる場所から駐車場までは遠く、途中にモミジの木が何本か植わっていた。舞いおちる赤い葉っぱのむこうで、本田先生と彼女はしたしげな様子でわらいあっていた。

やがてその女性は、車にのりこんで、校門の方向にはしりさった。先生がそれをみおくって、駐車場からたちさると、わたしと友人は息をはきだした。

「きっと、彼女さんだよね、今の」

あるきだしながら興味津々《しんしん》という顔つきで友人が言った。返事をしようとしたら、腕にかかえていた看板の破片の一部がこぼれおちて地面にころがった。ほかの破片をおとさないように、ひろおうとしたのだけど、うまくいかなかった。そのうちにイラッときて、足のつまさきでけっとばしてしまい、友人が目をまるくしていた。

3

言葉にするわけにはいかないと、わかっている。いろいろなものが一変してしまうだろうし、この気持ちをつたえたとき、返答がどうであれ、関係がそれまでどおりというわけにはいかない。きっと、今のままがいいのだ。

窓をあけて深呼吸すると、冬のつめたい空気が肺にはいり、心がリセットされるような気がした。部屋からもれる明かりで、家のとなりにある畑がぼんやりとてらしだされていた。畑には、キャベツの苗《なえ》がつらなっている。まだちいさな緑色の葉っぱで、ドレッシングをかけてもおなかはみたされないだろう。テープおこしの途中、部屋の空気がよどんでいたので、窓をあけて換気《かんき》していた。

毎月、三本程度のテープおこしをこなしている。そのうちの一本は北川誠二のエッセイで、一度の取材テープから二号分のエッセイがひねりだされる。それ以外の仕事のテープは月ごとに異なった。芸能人の取材テープだったらおもしろそうだけど、そういう仕事はほとんどない。脳外科医の講義の録音テープだったり、思想家同士の対談というのがほとんどである。むずかしくてわからない言葉が出てくると、ネットで検索してしらべないといけない。内容が高度すぎて文脈がつかめないこともよくあり、はたしてほんとうにただしくテープおこしができているのかと心配になる。ぼそぼそと、早口でしゃべるひとのテープおこしはやりづらいが、北川誠二の声ははっきりとしていて、わたしの耳によくなじむ。外がわはやわらかいけれど、中心にまっすぐな芯のはいった、まるでスパゲティーのアルデンテだ。

わたしはため息をついて、おなかがすいたな、とおもいながら窓をしめた。パソコンのまえにもどり、イヤホンを耳にはめて、カセットテープからながれてくる本田先生の声を文章にうちだした。

先生がしゃべる。わたしがキーをはじく。言葉が画面に表示される。まるで、地中にうまっていたすがたの見えないニンジンやダイコンを、リズムよくひきぬいているみたいだ。先生の発した言葉を収穫して、パソコンのなかにならべていくような気持ちよさがあった。

今回、先生がインタビュアーとかわしている会話は、「最近、見た映画はなんですか」という内容だった。先生は、『悪魔のいけにえ』という映画の題名をあげた。先生によると、これはホラー映画の金字塔《きんじとう》だという。仮面をかぶった大男がチェーンソーをふりまわして人を殺すのだという。映画についてあらかた話しおわったあと、先生と編集者の雑談が録音されていた。雑談はテープおこししなくていいと叔父に指示されていたから、聞くだけにしていた。

「しりあいに、おれの本を読んでる女の子がいるんです」

どきりとした。先生は、この録音テープを文章にしているのが、わたしであることにまだ気づいていない。

「おいくつぐらいの人です?」

「十七歳です」

「感想、聞きました?」

「おもしろがってくれてるみたいですけど」

その直後、編集者が録音を停止して、会話はとぎれた。みじかいやりとりだったが、すっかりわたしの鼓動ははやくなっていた。雑談を聞くのは、ぬすみ聞きをするようで、うしろめたい。返却しなければいけないテープをダビングするのは、決してやってはいけないことだった。なぜなら守秘義務というものがある。もちろんわたしは今回もダビングをした。

書店に行くたびに北川誠二の本があるかどうかをチェックするようになった。たまに書店員の手書きのPOPがたっており、『すさまじい傑作!』と色ペンでコメントされているとうれしくなった。人の心を文章でゆさぶることができるのだから先生はすごい。ほとんどの読者は北川誠二が高校教師であることをしらず、うちの高校の全生徒は本田先生が作家であることをしらない。先生は、わたしが気軽になかよくしていいような人ではないのかもしれないなと、さびしくおもった。

クリスマス直前に期末試験がおこなわれて、最終日に、ある男子から告白された。中学のときの同級生で、おなじ班《はん》で化学の実験をやったなかである。全学科の試験が終了し、解放された気分で帰り支度を整え、廊下に出たところで男子によびとめられた。体育館と校舎をつなぐわたり廊下までいっしょにあるいて、そこで彼の気持ちを聞かされた。

わたり廊下にはすのこがしいてあり、生徒がとおるたびに音がひびいた。わたしたちのはく息が、白くなって風にとんでいった。その男の子のことがきらいではなかったが、ことわってしまった。好きなやつがいるのか、と彼が聞いた。わたしはうなずいた。

灰色の雲が太陽をさえぎっていた。そのせいかひえこみがひどく、厚手《あつで》のコートを着ていても体がこごえた。彼がたちさり、ひとりになると、階段の踊り場にむかった。

暖房器具がないため、冬のあいだにたちよることはほとんどなかったのだが、ひとりになれる場所に行きたかった。元同級生の彼のことをおもうと、胸のなかにかなしい気持ちがひろがった。あの一言を口にするのに、いったいどれほどのエネルギーが必要だっただろう。

踊り場の椅子にこしかけ、机のうえにつっぷすと、天板のつめたさが腕にじんわりとつたわってきた。わたしは目を閉じて、キャベツ畑のことをかんがえた。

わたしが子どものころからうちのとなりの畑ではキャベツを栽培《さいばい》していた。ひまなときによく、キャベツ畑に入って、舞っているモンシロチョウをおいかけてあそんだ。日ざしはあたたかく、世界はふしぎだらけで、社会とは無縁の日々だった。なにも不安がなく、毎日が幸福で、今みたいに、つらい気持ちになることもなかった。畑に整列した緑色の玉は、キャベツ以外のなにものでもなく、まるい以外になんの才能もなかった。ただただかわいらしく、ときどき無抵抗に青虫にかじられているだけの、とりたててなにも語るべきことのない、いつまでたってもキャベツだった。ずっとあの場所にいたかった。いまでもモンシロチョウをおいかけていられたらいいのに。いつのまにか体がおおきくなってしまい、よくおちこむようになってしまった。

キャベツ畑であそんでいる自分を空想していたら、本田先生の声が聞こえたけれど、幻聴にちがいないとおもったので、「ほっといてください」と、むにゃむにゃ返事をした。

「なにがほっといてだ。風邪《かぜ》ひくぞ」

先生の声がして、空想のキャベツ畑の地面がゆれた。おどろいて顔をあげると、本田先生が机のむかいがわにたっていて、メガネのおくであきれた目をしていた。先生はわたしのつっぷしていた机をゆらしていた。

「ちょっと、やめてください、乱暴なおこしかた」

「肩をゆすったら、セクハラになりかねない。だいじょうぶか？」

先生はわたしの顔をのぞきこんだ。

「べつに」

わたしは涙をふいた。

「どうしてここにいるんです？」

「ここにむかってる小林を見た」

学園祭のときみたいに、机をはさんで先生は椅子にすわった。曇天《どんてん》のため窓から入る明かりはすくない。蛍光灯がついていないこともあり、あたりは暗かった。

「なにかあったのか」

「告白されたり、ことわったり……」

先生は、わたしの顔をまじまじと見つめた。

「青春だな」

「今、はじめて先生のことを、おじさんだなとおもいました」

「まだ二十六歳なのにか」

「ほんとうに残念です」

「ほかの話をしよう。何の話がいい？」

先生はどうやら、わたしをなぐさめてくれる気があるらしい。

「じゃあ、映画の話とか」

「最近、あるホラー映画のＤＶＤを手に入れたんだが」

「『悪魔のいけにえ』ですね」

「なんでわかった？」

「雑誌のエッセイに書いてましたよね」

「その号、まだ発売されてないはずだ……」

先生は髪をかきあげて、メガネの位置をただした。授業中にだれかを名指しするときのしぐさだった。

「出版社に出いりしてるのか？」

「なんで、そうおもうんです？」

「小林も小説を書いていて、しりあいの編集者が出版社にいるとか」

「ありえません」

「もしもそうだったら、発売まえの雑誌を読むことができるかもしれない。おれが北川誠二だってことに気づいたのも、もしかしたら……」

「小説なんて、書けませんし」

「こづかいかせぎに出版社でバイトをやっているとか。小林、なにかかくしてることがあるよな」

わたしはそそくさとたちあがり階段をおりはじめた。

「おい、小林」

階段をなかほどまでおりて、周囲に人がいないことをたしかめてから、踊り場にむかって手をふった。

「先生、さよなら。来年もなかよくしてください」

わたしは学校を出て、クリスマスのかざりつけがされた町をあるき、電車にのって自宅へもどった。元同級生の男の子のことや先生のことなどが頭のなかをめぐり、熱がでそうだった。

大晦日がちかづいてきたとおもったら、すぎさってしまい、新年になった。友人からの年賀状にまじって、本田先生からも届いていないかどうかを探したのだけど、見あたらなかった。先生にとってわたしは、たくさんいる生徒のなかのひとりなのだ。テープおこしの仕事もなく、友人からのさそいもなく、お正月のあいだはテレビをながめているしかやることがなかったので、じっくりと先生のことをかんがえることができた。わたしの感情はただの子どもっぽいあこがれなんじゃないのかと、おもうことがよくある。わたしはいったい、いつから先生のことをかんがえるようになったのだろう。過去のどの時点から目でおいかけるようになったのだろう。

新年三日目の夕方、わたしは急におもいたって庭でたき火をはじめた。寝ころがって読んでいた恋愛小説に、たき火をする場面があったからだ。

枯れ葉をほうきであつめて、そこに新聞紙をねじこみ、マッチで火をつけた。煙がのぼりはじめて、炎がおおきくなったところへ、数本のカセットテープをなげこんだ。テープおこしをやるたびにダビングしておいた先生の取材テープだった。

カセットテープのプラスチック部分が熱でとけ始め、炭化するのをながめた。炭素1モルと酸素1モルから二酸化炭素1モルが生成するときに発生する燃焼熱は393キロジュールだ。さっき読んだ小説にそう書いてあった。

先生の声が煙になって空にのぼっていった。あきらめたから、そうするのではない。むしろ逆である。そんなものを大事に所有していたから、一歩をふみきれなかったのだ。関係性が変化したってかまわない。このまま、なにも言わずにいるよりも。わたしはそうかんがえられるようになっていた。

その夜、先生にあてた手紙を便せんにしたためた。心のなかでふくらんでいた言葉たちは、もう畑においておけないくらいにおおきくなっていて、出荷しなくてはいけない状態だった。便せんに一文字ずつ書いていると、日本語のひとつひとつの文字が、まるいキャベツみたいに見えてきた。かつてわたしに告白をした男の子も、今のわたしとおなじように、言葉を体の外にださなくてはどうにもならない状態だったのかもしれない。本を書いたり、エッセイを引き受けたりした先生もおなじだ。心のなかでふくらんでいた言葉たちを、紙の上に出してならべることは、このまま心のなかでくさらせていくよりも、よっぽどいいことなのだ。

三学期になり学校がはじまったら、この手紙を先生にわたそう。そうおもっていたのだが、偶然にも冬休み中に先生とあう機会があった。その日、先生は女の人といっしょだった。

4

冬休み最終日、両親がわたしをほったらかしにして親戚の家に行ってしまった。わたしは料理ができないので、夕飯をどこかで買ってこなくてはいけなかった。ひさしぶりに人間らしい格好をして、体にお菓子のくずがついていないかどうかを入念《にゅうねん》にチェックし、近所のスーパーに自転車をはしらせた。

そこは郊外型のおおきめのスーパーで、駐車場がひろく、遠くから車でやってくる人もおおかった。総菜《そうざい》うり場にむかう途中、店内で見おぼえのある女の人とすれちがった。彼女は買い物用のカートをおしながらお鍋《なべ》のスープをえらんでいた。ぜったいにしりあいだとおもって、顔をじっと見つめていたら、目があった。大学生くらいの、おとなしそうな美人だった。服装やたち居ふるまいから家庭的なにおいがかんじられ、その人が家で料理している様子が想像できた。彼女をどこで見たのかおもい出し、わたしはおもわず「あ！」とさけんでしまった。

彼女はたちどまると、困惑するようにわたしを見た。首をかしげて、どちらさまでしたっけ、という表情だった。なにかてきとうにごまかしてその場をにげようとかんがえていたら、聞きおぼえのある声がした。

「小林?」

通路のむこうから本田先生がちかづいてきて、もっていた牛乳のパックを、彼女のカートの買い物かごにいれた。


本田先生の自宅は、おばあちゃんの家のようなふるめかしい木造の一軒家で、スーパーから車で十分ほどの場所にあった。わたしはスーパーの駐輪場に自転車をおいて、先生の車にのりこみ、ふたりについてきてしまった。これから鍋をやるのだが、ふたりよりも三人でやったほうがたのしいにちがいない、と先生がさそってくれたのだ。

「小林さんは、好ききらいはとくにない?」

可奈子《かなこ》さんが台所で鍋の準備をしながら聞いた。

「なんでも食べられます」

わたしは返事をしながら、なれた手つきでエノキをほぐしている彼女の指を見た。ほっそりした薬指に、婚約指輪がはまっていた。

先生は二階の自分の部屋でなにかの作業をしているらしく、一階にはわたしたちしかいなかった。小皿をはこびながら、部屋にかざってある植物や、布製のティッシュカバーをながめた。植物をかざったのは可奈子さんだろうし、ティッシュカバーのがらをえらんだのも彼女なんだろうなとおもった。

自分が先生の家に来ているというのがふしぎだった。先生はいつも学校がおわったらここに帰ってくるのだ。先生にも生活する空間があるのだということや、家族がいるのだということを、あまりかんがえたことがなかった。そういえば、先生に妹がいたとしても、ちっともおかしくないのだ。

「学校では、うちの兄、どんな感じなの？」

可奈子さんが冷蔵庫から野菜をとりだしながら聞いた。

「人気者ですよ」

「そうなんだ。意外ね」

おちついた雰囲気の女性だった。ゆっくりと空間を移動し、しずかにほほえみ、コーヒーも波をたてずにかきまぜるんだろうなと想像した。両親が亡《な》くなって以降、先生は妹の可奈子さんとこの家で生活しているのだという。先生がいつも職員室で食べているという手作り弁当も、妹さんが作っているものだった。わたしはすっかり早とちりをしていた。

「高校のころなんて、ひとりも友だちいなかったのにな」

「学園祭の翌日、先生と駐車場でたち話してましたよね」

「たしか、車を借りにいったの」

「彼女さんかとおもって、こっそり見てたんですけど」

「妹で安心した？」

わたしがこまってだまりこんでいると、彼女は野菜のもられた皿をはこびはじめた。

学校関連の書類が居間の片隅にちらばっていて、先生はこんなところで仕事しているのか、とおもった。テレビの横の棚に何枚か写真がかざってあり、小学生時代の先生と可奈子さんと首輪のはまった柴犬がうつっていた。先生の小学生すがたはあまりにも衝撃的だった。前髪がぱつんと一直線の、短パン男子だったからだ。大学生時代のものらしい写真もあった。メガネが、今とはちがって、まるい銀縁だった。それをながめていると、可奈子さんがちかづいてきた。

「教師になるまでは、ずっとそのメガネだったのよ」

「じゃあ、今、先生がかけてるやつは……」

「教員になったおいわいに、わたしがえらんでプレゼントしたの」

わたしは可奈子さんの手をにぎりしめたかった。

「今のメガネ、いいですよ。うまれたときからかけてるみたいに、なじんでます」

「わたしがあげるまでは、あんなオシャレメガネはいけすかない、おれはすかん、存在もみとめん、って言ってたんだけど。そもそも、セルフレームって言葉もしらなくて、オシャレメガネってよんでたくらいよ」

二階で作業をおえた先生が、どこかからカセットコンロと鍋をだしてきてセットした。時計の針が午後七時をさしたころ、わたしたちは鍋をつつきはじめた。窓の外はすでにまっ暗で、部屋のなかは暖房を強めにしていた。鍋のなかでは、魚や鳥肉のだんご、ネギや豆腐《とうふ》などが煮たっていた。可奈子さんが鍋を仕切っていて、先生はしかられてばかりだった。

「鍋のなかをかきまぜるの、やめてって言ってるじゃない」

「ホタテをさがしてるんだ」

「ひとりで何個も食べるのはやめてよ」

「生徒のまえで威厳《いげん》をなくすようなこと言うな」

「先生、メガネが湯気《ゆげ》でくもってますよ」

鍋をたのしみながら、お正月特番のクイズ番組をながめた。先生と可奈子さんはビールをのみ、わたしはお茶をもらった。

「この家で小説がうまれたんですね」

鍋が佳境《かきょう》になり、可奈子さんがうどんの用意をはじめたころ、この家で先生は執筆しているのだとおもい、感慨《かんがい》深い気持ちになった。全国の書店にならんでいる文章が、ここでつむぎだされたのだ。

「そう。この部屋でいろんなトリックをかんがえたのよね、殺人事件の」

可奈子さんは鍋にうどんを投入した。

「そうだっけ?」

先生は、あまりおぼえてない様子だった。うどんがほぐされて、煮たつのを、わたしはじっとながめた。完成すると、お箸で数本ずつ、つまんで食べた。鍋の汁がしみこんでいて、おいしかった。おなかがすっかり満足して、食後にお茶をいただいていると、わたしを車でおくっていこうという話を先生と可奈子さんがはじめた。

「でも、ふたりとも、お酒をのんでたような……」

わたしが口をはさむと、ふたりは、たった今、気づいたというように顔をみあわせた。

「あ、だいじょうぶです。あるいてスーパーまで行きますから」

玄関で靴をはいて外に出ると、夜空に星が出ていた。地球にとってみればだいたいいつもとおなじ空気なのだろうけど、正月というだけで、なにやら一新されたまあたらしい世界のように感じられた。鍋の熱が体内にこもっているのか、放射能をはくゴジラみたいにもくもくと白い息が出た。玄関先でわたしは可奈子さんにあいさつした。

「あとかたづけしなくて、すみません」

「気にしないでよ」

コートを着た先生と、ふたりであるきはじめた。先生がスーパーまでおくってくれることになったのだ。街灯がところどころ住宅地をてらしていた。わたしたちは最初のうち、さむい、こごえ死ぬ、というようなことを言ってわらいながらあるいた。やがて口数がすくなくなり、わたしはだまって先生の呼吸の音を聞いていた。とおりすぎる車のヘッドライトが、わたしたちの影を、一瞬だけ塀《へい》にうつしとり、遠ざかった。

「母の旧姓が『北川』で、昔飼ってた柴犬の名前が『誠二』だった。新人賞に応募するとき、それをペンネームにつかったんだ」

「そのときから、可奈子さんじゃなくて、先生が書いてるってことにしてたんですか？」

ためしに質問してみると、先生はうなずいた。もうかくすつもりはないらしい。わたしの想像はあたっていた。北川誠二は、先生ではなく、可奈子さんだったのだ。

「よく、わかったな」

「なんとなくです」

「うそつけ、直感でわかるもんか」

「さっき、可奈子さんから聞いてしまいましたよ。教師になるまえは銀縁メガネで、今かけてるようなセルフレームのメガネは、存在もみとめないって、言ってたそうじゃないですか」

「それが、どうかしたのか？」

「デビュー作の『ゴーストライター』が刊行されたのは四年まえ。書かれたのはたぶんもっとまえです。でも、先生が教員になったのは三年まえ。あれが書かれたときはまだ、先生は銀縁で、セルフレームなんてきらいだったはずでしょう。そもそも、セルフレームって言葉もしらなかったそうじゃないですか。それなのに作中の主人公は黒いセルフレームのメガネしてるなんて変です。名称をしらないのに、あんな描写がうかんでくるわけないです」

「……そんな思考で、妹が書いたものだって、わかったのか？」

「いけないですか」

先生はあきれたような顔をした。わたしがメガネのことしかかんがえていないようにおもわれた気がして、弁解したかった。

「あいつが小説を書いたのは、おれが国語の教員免許をとろうとしていたときのことだったんだ。あいつ、おれをモデルにしたらしいけど、国語教師になってなかったら、どうするつもりだったんだろうな」

「どうして先生が書いたってことになってるんです？」

先生は、髪をかきあげてから、ぽつりぽつりと話しはじめた。

「……妹は、書いた原稿を、発表する気なんてなかったんだ。おれにだけ読ませて、それっきり。書いた時点で満足してたんだろう。新人賞に応募しろよって言っても、いやがって。だから、おれがこっそり応募した。妹の了承《りょうしょう》をえないままね。あの小説が、世に出ないですてられるのがおしかったから。受賞したとき、はじめてそのことをしって、あいつおこってたぜ。作家デビューなんてしたくないって言いはってさ。でも、デビューしないと賞金もらえなかったしな」

「お金がほしかったんですか？」

「海外旅行に行きたかったんだ。賞金と印税で、エジプトに行ってきた。ピラミッド、でかかったぞ」

「可奈子さんもいっしょに?」

「妹は彼氏といっしょにニューヨーク観光してきたらしい。自由の女神、きれいだったらしいぞ」

わたしは先生をにらんだ。

「なんか、なっとくできません。可奈子さんの賞金と印税を、先生がくすねてるみたいで」

「かたいこと、言うなよ」

「言います」

先生はメガネの奥で目をほそめた。賞金をもらうためには、だれかが北川誠二として名のり出なくてはならなくて、可奈子さんのかわりに先生が作家としてふるまうことになったらしい。編集者は全員、今でも先生が小説を書いてるのだとおもいこんでいる。ほんとうのことがばれなかったのは、原稿が手書きではなかったからだろう。パソコンでうち出された原稿なら、筆跡《ひっせき》からでは、作者が女性だということがわからない。担当編集者にもほとんどあわず、エッセイのために話をしにいくだけで、普段は事務的なメールのやりとりをするだけだったらしい。

「エッセイ、よくひきうけましたね」

「ことわりづらくてな。取材を全部、拒否してたから」

「北川誠二は覆面作家で、さらにゴーストライターでもあったんですね。先生は、小説家でもなんでもなかったのか」

「なんの才能もない、ふつうの人間だ」

先生は、ほっとしたような顔だった。

「小林」

「はい」

「おまえと話せてよかった。おまえがこのことに気づかなかったら、おれはずっと、いつわりつづけてただろう。いつか、おわりにしなくちゃいけないって、おもってたんだぜ。妹も結婚することだし、ずっとこのままじゃいけないって」

人通りのすくない住宅地をあるきながら、わたしはようやく、先生のほんとうの声を聞けたような気がした。

やがて前方にスーパーの看板が見えてきた。夜十一時まであいているので、まだ店内はあかるかった。駐輪場の自転車のまえまで到着すると、残念におもった。わたしたちは自転車をはさんで、かんたんにわかれのあいさつをした。

「また明日から、学校だな」

「はい、よろしくおねがいします」

先生はポケットに手をつっこんで、わたしが出発するのをまっていた。わたしはハンドルをにぎりしめたまま、先生の顔を見上げた。

「先生」

「なんだ」

「明日、時間をつくってくれませんか。わたしたいものがあるんです」

先生がうなずいたのを確認して、わたしはサドルにまたがり、ペダルをふんだ。

三学期初日の放課後に、あの階段の踊り場で、先生に手紙をわたした。

結果はさておき、だいじなことは、手紙をわたすことができたということなのだ。結果なんて、たいした問題ではないのである。わたしはおちこんだけれど、自分をほこらしくおもっていいのである。

以前に心配していたような関係性の変化はおこらず、わたしと先生はそれまでどおりに話をした。可奈子さんとも友人づきあいをするようになり、ひまなときは小説執筆のための資料探しを手伝った。これまでわたしには同い年の友人しかいなかったので、彼女との会話は新鮮でおもしろかった。彼女の結婚式にもよんでもらえることになり、その日、先生がどんな服装をするのかとたのしみにおもいながら日々をすごした。

二月十四日は朝からひえこみがひどく、テレビの天気予報では、午後から雪がふるだろうと告げられていた。放課後に職員室をたずねてみると、暖房のきいた室内で、本田先生は事務机にむかっていた。声をかけて、わたしだと気づくと、となりの席の椅子をすすめられた。

わたしたちは、いかにも勉強の相談をしているようなまじめな顔で話をした。

「北川誠二のテープおこしがなくなって、さびしいです」

テープおこしのことを先生に話すのははじめてだった。すこしまえから北川誠二の連載は終了し、ほかの作家のエッセイが誌面をうめるようになっていた。連載終了の理由をわたしは先生から聞いていた。北川誠二の正体は別にいるのだということを、近日中に先生と可奈子さんがカミングアウトするらしいのだ。

「そうか、あの取材テープをきいて……」

先生は納得した顔でうなずいた。

「はい。バイトをやってたんです」

叔父が出版社につとめていて、わたしにテープおこしの仕事を紹介してくれたことや、偶然に北川誠二のテープおこしを依頼されたことなどを説明した。話しはじめてみると、すらすらと言葉が出てきた。わたしはたぶん、ずっと先生に言いたかったのだろう。

「声でわかりました。あ、先生だ、って」

先生は、髪をかきあげて、メガネの位置をなおした。

「どうして今まで言わなかった」

「先生がいやがって、テープおこしを別の人にたのむんじゃないかって……」

先生の事務椅子が、キイッと音をたてた。わたしは、ほかの先生方が見ていないことを確認し、紙袋をこっそりとわたした。

「これ、チョコレートです。そういえば、ずいぶんまえですけど、先生がすすめてた『はつ恋』、おもしろかったです。かなしかったけど、ためになりました。また、本をすすめてくださいね」

たちあがると、鞄をつかんで、にげるように職員室を出た。

うわばきから靴にはきかえて、校舎を出ると、視界を羽毛のような白い粒がとおりすぎた。空のたかいところから雪がうみだされて、ゆっくりとおちてきた。

帰りの電車のなかで、わたしはうつらうつらとなった。やがてあさいねむりにおちて、キャベツ畑の夢をみた。テープおこしをしながら、ときどき窓をあけてながめていたキャベツたちだ。

最初はちいさな苗だったものが、次第にふくらみ、おおきくなって、今はもう、まるい玉になっていた。おしあいへしあいしながら、いつかここからつれ出されて、ほかの場所へ行くのを待っているのだ。

もうじき春になり、キャベツたちのうえをモンシロチョウが飛ぶにちがいない。

小梅が通る

1

クラスメイトの山本寛太《やまもとかんた》が、いつものようにほかの男子とふざけていて、昼食をとっているわたしたちのグループにつっこんできたところから話ははじまる。机がなぎたおされ、盛大な音をたてながら、わたしたちの弁当がぶちまけられた。二学期の中間試験をひかえた十月半ばのことである。

でもその前に、わたしたちのグループについて話をしよう。

教室では休み時間になると、気のあう者同士があつまり、大小さまざまな集団が形成される。たとえばスポーツが得意そうな男子のグループ。ひときわ華《はな》やかで化粧品や外見に気をつかっている女子のグループ。いつもゲームの話ばかりしているような全員メガネをかけているグループ。

わたしは地味《じみ》で目立たない女子グループの一員だった。この集団の構成員は、わたしと松代《まつしろ》さんと土田《つちだ》さんの三人である。わたしたちはいつも教室のすみのほうにかたまって座り、できるだけほかの人の邪魔《じゃま》にならないよう日々をすごした。

松代さんは身長が高く、幸《さち》のうすい顔をしている。駅前をあるくと、かならず「手相を見せてもらえませんか?」と人が話しかけてくるらしい。華やかな女子のグループがカラー検定の勉強について話していたとき、彼女は夏休みに出かけた四国お遍路《へんろ》めぐりの旅について熱心に語っていた。

土田さんはふくよかな体型で、三日に一度は教室の扉にはさまり、ガン、と大きな音をたてた。華やかな女子のグループが誕生日に彼氏からプレゼントされたポーチを自慢していたとき、土田さんは牛丼屋のクーポン券の期限が切れていることに気づいて涙目になっていた。

わたしたち三人に共通するのは、だれかと道ですれちがうとき、絶対に目をあわせないことだった。廊下やコンビニの前に集団がいるときは、ほかの通路をさがしたり、コンビニに入るのをあきらめたりする。

華やかな女子のグループと交流することは皆無《かいむ》だ。男子が話しかけてくることもない。わたしたち三人の周囲にだけ見えない壁がはられているようなものだ。たまに他の子たちの話し声が聞こえてくる。彼らは、松代さんの眉毛《まゆげ》がうっすらとつながっていることを小声でからかう。土田さんの体型をわらう。わたしがいつもうつむいていて、きもちわるいとささやく。わたしの場合、ほかにも、メガネがあってないとか、しもぶくれ顔とか、ホクロ人間などとも言われる。

わたしたちは教室内で存在を消そうと努力していた。だれの目にもとまらないよう、しずかに日々をすごせていればじゅうぶんだった。だから言いかえさずにじっと三人で身をよせあっていた。わたしたちは二酸化炭素をはきだすだけの存在として一日をすごし、だれからもうらまれず、ねたまれず、平凡《へいぼん》な日々をおくっていた。

そこに山本寛太だ。ある秋の日、教室の片隅で昼食をとっていたわたしたちのなかに、彼がつっこんできたのである。友人とふざけていて、なにかにつまずいたのだろう。机がなぎたおされ、わたしたち三人の弁当箱が床にすべりおちた。騒々《そうぞう》しい音に、教室中が一瞬しずまりかえって、全員がこちらを見た。なにがおこったのかわからず、わたしたちはおはしをにぎりしめたまま、すぐに身動きできなかった。

しりもちをついていた山本寛太が「痛てて……」と言いながらおきあがった。彼の足下に紙パックのコーヒーが落ちていた。わたしがさきほど自販機で購入したやつだった。それだけでも救出しようと手をのばしたとき、彼がわたしの目の前で紙パックをふみつぶして、地雷《じらい》でも爆発したようにコーヒーのしぶきがあがった。

実のところ山本寛太に対する印象はあまりよいものではなかった。一言で表現するなら軽薄《けいはく》なやつというイメージだ。

彼はどこのクラスにも何人かはいる、お馬鹿で元気のありあまっているグループの一員だった。以前、午後の授業がはじまったころ、彼とその友人たちが、泥まみれの制服で教室にはいってきたことがある。教師がその場で聞き出したところによると、彼らは昼休み中にケイドロをしてあそんでいたらしいのだ。それも、学校を中心とした半径五キロメートルの範囲《はんい》というルールで。裏山の木の上にかくれた友人をおいかけているうちに、崖《がけ》をころがりおちたり、池を泳いで対岸にわたったりしたらしい。体操着にきがえさせられて授業をうけていた山本寛太たちのグループは、まるで小猿の一群だった。

彼のどこらへんが軽薄なのか？

あるとき放課後の教室にわたしが入ろうとすると、山本寛太とクラスメイトの女子が二人きりでむかいあっていた。彼は女子に告白をした。女子は間髪を入れずにことわった。彼が自分よりも背が低いという理由からだった。それから三日ほどして、今度は昼休みの校舎裏で、彼は別の女子とむかいあっていた。再度、告白したが、今度も撃沈《げきちん》だった。さらに一週間後、山本寛太が、わかい女性教師に告白してことわられたといううわさ話がクラスでながれた。さっそく男子のひとりがたしかめたところ、どうやら真実らしいと判明した。

複数の女子と同時につきあっているのならたちがわるい。でも彼の場合はことごとくふられ、沈没し、海底から引き上げ作業がすむ間もなく、さらに撃ち落とされ、大破し、打たれっぱなしのボクサーみたいな状態なのである。それでも数日がたつとけろりとした表情で、もうほかの女の子にほれているのである。わたしには理解不能な男の子だった。

「すまん！　マジですまん！」

山本寛太はあやまりながら机を元通りにした。いっしょにふざけあっていた彼の友人は「さきに行ってるぞ」と言いのこしてさっさと教室を出て行った。わたしたちはとくにおこるでもなく、なげくでもなく、無言で弁当のおかずをひろいあつめた。松代さんが鞄《かばん》からティッシュをとりだした。

「はい、これ使っていいよ」

消費者金融業者が駅前なんかで配布しているポケットティッシュだった。彼女はなぜかそれを大量にもっていた。ことわりきれずに、いつも受けとっているのだろう。

それをつかってわたしたちは制服のよごれをふきとった。

山本寛太も、どこかから雑巾《ぞうきん》を調達してきて、いっしょに床を掃除した。

「ええと、名前なんだっけ？」

上履《うわば》きについているコーヒーをふきとっていると、彼がわたしに質問した。

「……春日井柚木《かすがいゆずき》」

「ふうん。上履き、ごめんな」

顔を見られるのがいやだったので、わたしはうつむこうとした。

「あのさ、ここ、よごれてるぜ」

山本寛太が、わたしのメガネをゆびさした。すこし離れた席の男子が、わらいをこらえるような表情でこちらを見ていた。わたしは度の強いメガネをかけていた。安物のレンズは、分厚く、おもかった。フレームが顔の大きさにあっていないため、一日に何度もずりおちそうになる。そのレンズに、コーヒーの滴《しずく》がたれていた。

はずかしさにたえながら、教室のみんなに背中をむけてメガネを綺麗《きれい》にした。松代さんと土田さんが、購買までパンを買いに行く相談をはじめた。山本寛太が自分の席にもどり、鞄から数枚の紙をとりだしてもどってきた。

「弁当、ごめんな。これでゆるしてくれ。はしっこがすこしやぶれてるけど、ちゃんとつかえるからさ」

わたしたちに一枚ずつ、焼肉チェーン店の割引券をわたして、彼は教室を出て行った。割引券は山本寛太の鞄のなかで雑にあつかわれていたらしく、しわくちゃだった。

「すごい、七〇パーセント引きだって」

土田さんが心からうれしそうに言った。

購買にむかいながら、わたしと松代さんと土田さんは、さきほどの出来事について「おどろいたね」などという話をした。校舎をつなぐわたり廊下で、にぎやかにおしゃべりをしている女子とすれちがった。外見の華やかさも、発散されているオーラも、わたしたちとはえらいちがいだった。山本寛太たちが小猿なら、こちらはまるで色とりどりの花がさきほこっているかのようだ。そしてわたしたちは、壁の染みとか、掃除用具入れといったものにちがいない。不満はない。むしろそのほうが気楽だ。だれにもかえりみられないような、石ころみたいな存在が、わたしの目指す境地なのだ。

「トイレによってくから、先に行ってて」

購買に行く途中、ふたりにそう言って、わたしだけ女子トイレにむかった。さきほどの騒動で、顔にほどこした化粧がみだれていないかどうか心配だったのだ。個室に入り、ポケットから折りたたみ式の鏡をとりだして自分の顔をながめた。

ホクロの位置、しもぶくれと形容されるほおのふくらみ。大きなメガネと、分厚いレンズによってゆがんで見える目の輪郭《りんかく》。どこにでもありふれた、平凡な顔だちに分類されるはずだ。人から興味をもたれることのない、地味な容姿である。だから、わたしをじっと見つめる人はこの学校にいない。

わたしは化粧道具を持ちあるいていた。松代さんと土田さんにも、そのことをおしえていない。口の中から脱脂綿《だっしめん》のきれはしをだしてゴミ箱にすてた。しもぶくれだった鏡のなかのほおが、すっきりとした形になる。

高校に通いはじめて、朝に長時間かけて化粧するようになった。髪型や服装にも気をつかって、できるだけ地味な外見をよそおった。現在のわたしは、どこにでもいる女子高生だ。むしろふつうより存在感がない。男子にちやほやされたり、色目をつかったとおもわれて女子にきらわれるような生活とは無縁になった。

父の仕事の関係で、中学卒業と同時に、都会から地方都市へひっこしてきた。住む場所がかわれば、わたしのことをしっている人もいなくなる。これを機会にと、母と相談して別の顔をでっちあげた。

ひとつまみの脱脂綿を口にいれ、左右のほおと奥歯のあいだにはさむ。そうやってほおがふくれているように見せかけた。ホクロを描き、わざと自分にあっていないメガネをかけた。そんな嘘の顔で高校に入学することを母が許可してくれたのは、かつて自分もおなじようなことでなやんだ経験があるからだろう。わたしの顔だちは、女優業をしていた母の遺伝によるところが大きい。

これまでストーカー被害はなかった。ひそかにカメラで撮られることはあったが、危険な目にはあっていない。しかしこの先どうなるかわからない、とおもえる事態が一度だけあった。雑誌モデルの仕事をやっていたころのことだ。子ども服のカタログに掲載されたわたしの写真を見て、ひと月に何十通も事務所あてに手紙をおくる男性があらわれた。文面は読ませてもらえなかったが、手紙に目をとおした父母のあおざめた顔はおぼえている。

雑誌で子ども服のモデルをするようになったのは、わたしの希望ではなかった。母のお世話になった方が現在はモデル事務所の社長をしていて、ある日、その方から切《せっ》迫《ぱく》した連絡がきたのである。

「早急に十歳前後の女の子のモデルがひつようになった。ここで穴があくと大変なことになってしまう」

そこでわたしが写真スタジオにつれていかれたというわけである。わたしは人助けのつもりだった。

大勢のいるなかで新作のワンピースを着せられ、写真を撮られたのだが、それは居心地のわるいものだった。人に注目されるのが好きだという人の気がしれなかった。例外的に参加したわたしの写真は読者に好評だったらしく、たのみこまれてその後も雑誌モデルをつづけることになった。わたしはそれを労働だとおもうことにした。おこづかいがもらえるのだから、労働以外のなにものでもない。

ある日、スタジオの控え室で長時間待たされることになった。機材のセッティングに手間取っていたのだろう。退屈だったので、放置されていたメイクさんの化粧道具であそんでみた。ちょっとした変装をして、だれかをおどかしてみようとおもったのだ。

わざと地味に見えるような化粧をした。あざとくならないほどの加減で、自分の顔をくずした。微妙にあっていない髪型のかつらをかぶり、控え室を出てみた。カメラマンや事務所の人がいそがしそうにしていた。だれもわたしのほうを見なかった。自分の仕事に手一杯で、呼びとめるとおこられるような、あわただしい雰囲気だった。突っ立っていると、写真スタジオの人がわたしを手招きした。「きみ、ひまなら、コンビニでジュース買ってきてくれない?」と言いながらお金をわたされた。モデルの子だとは認識されていない様子だったから、つきそいのお友だちかなにかだと勘違いされていたのだろう。本当のことは説明せずに、わたしはうなずいて、コンビニにむかった。

通りをあるいてみると、だれもわたしのほうを見ないことにおどろいた。道がひろく感じ、心が解放されるようだった。それまでは人混みに出ると、視線をむけられたり、話しかけられたりすることがおおかったからだ。

わたしは人に注目されるのが好きではない。教室や道ばたで石ころみたいに放置されているほうがいい。そういえば自分の外見と趣味にギャップがあるとよく人に言われた。好きな漫画は『こち亀』とか『カイジ』だったのに、人にわらわれてからは、嘘をついてもっと女の子らしいタイトルを言うようにしていた。自分でえらぶ服は地味な色ばかりだったし、毛玉のついたジャージ姿でコンビニに行くのにも抵抗がない。着飾って外出するよりは、コタツでしぶいお茶をすすっているほうがたのしい。

小学生のときのおもいでぶかいあそびといえば、ギャグマンガを描くことだった。女の子の友人と、ノートに一ページずつ交代でマンガを執筆するのである。絵の素養などないから、しょぼい絵だったけど、たのしかった。でも、いつからか友だちが色気づいてきて、こんなことやっている場合じゃないとおもったらしく、そのあそびからはなれていってしまった。最後には、わたしがひとりで、ほとんど自己満足みたいなマンガを描いていた。

雑誌モデルのバイトをやめるとき、事務所の人やカメラマン、さらには雑誌編集者の方々が引き止めてくださった。ありがたいことに、わたしのことを気に入ってくださっていたらしい。

あのまま雑誌モデルとして有名人になり、テレビなどに出演させられていたら、きっとわたしは頭がどうにかなっていただろう。母がよく口にしていた。おだやかで平凡な日々をおくることが、この世でもっとも幸福なことなのだと。路傍《ろぼう》の石ころを先生とするわたしの性格も、母ゆずりなのかもしれない。

山本寛太からもらった割引券をもって、父母といっしょに郊外の焼肉チェーン店に出かけたのは、大型ショッピングモールのサティで大量の買い物をした後だった。

「さきほど予約をいれた春日井ですが」

店の入り口で母が店員に話しかけた。わかい女性店員は母を見て首をかしげた。どこかで見たことがある、と言いたげだった。母が女優として活躍したのは大昔で、ほんの数年間だったから、大抵《たいてい》の人は名前までおもいだすことができない。その店員も例外ではなかった。気のせいだ、となっとくした様子でわたしたちを席まで案内してくれた。

いたるところで大勢の客が肉を焼いており、すてきな音と香りが店内に充満していた。奥の席でわたしたち一家はカルビとハラミとロースを食べた。満腹になり、今日はなんて良い日曜日なんだろうかと、しあわせなきもちになった。

注文したデザートをまっているとき、わたしはトイレにたった。通路をあるいていると、いくつかの視線を感じた。酔っぱらった男性客や、焦《こ》げのついた網《あみ》をとりかえている店員が、わたしのほうをちらちらと見ていた。

いつもの化粧をしておらず、わたしは素顔だった。メガネではなく、コンタクトレンズを装着していた。休日に父と外出するときは、化粧をしないことに決めているからだ。

炭火の熱が肉を焼き、あふれだした肉汁が、ジュウジュウと音をたてている。店内のいろいろな場所で、煙がふきだしている。カップルで来ているふたり連れがいた。男性の方が、相手の女性に気づかれないよう、わたしのほうを見ていた。やめてほしい。見ないでほしい。そういうのがケンカに発展するのだ。中学時代に何度もまきこまれた。わたしはなにもしていないのに、女子の反感を買うはめになった。肉が焼かれ、油がはじけ、まきちらされる音が耳につく。わたしは顔をうつむけて、足早に化粧室へ逃げこんだ。

洗面所の鏡とむきあって、あらためて自分の顔をながめても、特別な感慨《かんがい》を抱くことはない。しかし、他人にはそうでもないらしい。胸をくるしくさせて、呼吸ができなくなるような、そういうおもいにさせるらしいのだ。わたしがどんなふうにまばたきするのか、唇からどんな言葉をつむぐのか、知りたくなるのだという。中学生のときに告白してくれた男の子のひとりが、たしかそんなことを言っていた。

　焼肉店で山本寛太に遭遇したのは会計をしているときだ。ビールを飲んだ父のかわりに、帰りは母が車を運転することになった。さきに車を用意してるからと言いのこし、母はわたしに財布をもたせて店を出た。レジで割引券をとりだして「これ使えますか？」と店員に聞いたところ、レジカウンターをはさんで立っていたのが店の制服を着た山本寛太だった。

　わたしはあまりにもおどろいてしまい「うわっ！」と声をだした。山本寛太はわたしを見て、ぽかんとした表情をしていた。彼はこの店でバイトをしていて、その関係から割引券を入手していたのだろう。事前にしっていたら、いつものように化粧をほどこしてから来ていたのにと不覚におもった。

「あ、ええと……」

　レジカウンターをはさんで、山本寛太は、たっぷり口ごもってから発言した。

「春日井、なんて言ったっけな……」

「……柚木？」

山本寛太は、はげしくうなずいた。

「そう、柚木さん！　予約者の名簿に春日井ってあったから、もしかして来てるのかなって、おもってたんだけど」

彼は割引券に視線をおとし、はしっこのやぶれている箇所《かしょ》を指でさわった。

「これ、女子にあげたやつだ。あ、俺、柚木さんの同級生っス」

初対面の人へあいさつするみたいな言い方だった。自分の素顔がばれたのかとおもっていたが、そうではないのかもしれない。返答にこまっていると、彼が言った。

「柚木さんの、ご家族の方ですよね？」

わたしたちはおたがいの顔を見つめあった。照明が彼の目を子どもみたいにかがやかせていた。彼はクラスの男子のなかで一番、身長が低い。わたしもおなじくらいの背丈である。だから目線の高さはいっしょだった。

山本寛太は、わたしが春日井柚木本人であることに気づいておらず、彼女から割引券をもらった親類かなにかだとおもいこんでいるらしい。

好都合だ。このままごまかしてしまえと、わたしはおもわず、嘘をついた。

「春日井柚木の……妹です」

「名前は？」

「小梅《こうめ》です」

わたしはそう名乗ってにこやかにほほえむと、すみやかに会計をすませて、逃げるように店を出た。

2

焼肉店で食事をした翌日は、すがすがしい天気の月曜日だった。朝食に母のつくった目玉焼きを食べて、歯をみがいてから、ブスメイクにとりかかった。わたしの化粧にそんな呼び名をつけたのは父である。娘が素顔をかくして学校へ通うことに、父は最後まで反対していた。

鏡を見ながら顔の左右にちいさなホクロをいくつか描いた。位置と数が、日によって変化しないよう気をつけている。おぼえやすくするため、星座の形に配置していた。ホクロを線でむすぶと、顔の右側面にカシオペア座、左側面にアンドロメダ座が完成する。このおどろくべきひみつに、まだ家族さえも気づいていない。

眉を描くと、さすがにばれてしまいそうなので、手はくわえられない。せめて前髪で額と眉のあたりをかくし、顔全体にかげがおちるようにした。

脱脂綿のちいさなかたまりを二個、口にいれて、左右のほおをふくらませた。しもぶくれ顔の完成である。以前、体育でプールの授業がおこなわれたときも綿を口にふくんだまま泳いだ。クロールで息つぎした瞬間、喉にひっかかっておぼれかけた。あやうく死ぬところだった。ちなみにプールの後はしっかりとホクロを描き直さなくてはいけないので面倒だった。

それにしても脱脂綿を口にふくませておくのは挑戦だった。ごはんを食べるときなど、いっしょに飲みこんでしまわないよう気をつけなくてはいけなかった。しかし人間、どんなことでも慣れてしまうものだ。今では、脱脂綿を口に入れていても、違和感なく飲食ができる。

制服はサイズのあっていないものを着た。体のちいさなわたしには大きすぎてやぼったく見える。まつげと目の形は、メガネの分厚いレンズで隠した。白いソックスを膝ちかくまであげてから、父母にあいさつして家を出発した。

一限目は数学の授業だった。

「そんな調子で今度の試験、だいじょうぶだとおもってんのか？」

席についている山本寛太を見下ろして、男性の数学教師が言った。教室はしずまりかえって、全員が息をころしていた。わたしたちは黒板に書かれた三角関数の問題を解かされていた。しかし山本寛太はノートに落書きをしてひまつぶししていたらしい。数学教師にそれが見つかってしまったのだ。

「その絵が授業になんの関係があるのか聞きたいね。おしえてくれないか、その絵はなんなんだ？」

「はい、ナルトです！」

彼が元気に返答した瞬間、教室のあちこちから、ぶっ、とふきだす音がきこえた。ナルトというのは、週刊少年ジャンプで連載中の漫画『ＮＡＲＵＴＯ』に登場する忍者の少年である。高校生にもなって彼は授業中に忍者の絵をえがいていたのだ。なおかつそのことで教師におこられているのだ。その様子がおかしかったのか、何人かのクラスメイトがくるしそうにわらいをこらえていた。

数学教師はひややかな目で山本寛太を一瞥《いちべつ》すると、みんなにむけて言った。

「おまえらは、こうなるなよ」

授業が終わり数学教師がいなくなると、クラスメイトたちはいっせいに息をはきだし、ある者は背伸びをして、ある者は教師の悪口を言った。気のあう者同士がグループを形成し、にぎやかな話し声がとびかうなか、山本寛太がわたしの席にちかづいてきた。

「やあ、春日井さん、元気?」

わたしは無言でうなずいた。すわっているわたしと目の高さをあわせようとしたのか、彼は机の前で中腰になった。彼の視線から逃げるように、わたしは体の角度をかえて、斜めにむかいあった。できるだけ顔を見られたくなかったのだ。

「昨日は、ひとりで夕飯食べてたの?」

わたしだけ焼肉店にいなかったから、そうかんがえたのだろう。

「家で勉強してたから」

できるだけそっけない声で返事をした。

「店で妹さんに会ったよ。そのこと、聞いた?」

「小梅に聞いた」

松代さんと土田さんの席は、すこしはなれていた。ふたりがわたしのほうをふりかえって心配そうにしているのが前髪の間から見えた。わたしたちのグループが男子に話しかけられることはほとんどない。あとで説明しなくてはいけない。試験前だからノートを貸すようにたのまれていたのだ、と。

「春日井さんの家族が帰ったあと、バイトの先輩から、あの子としりあいなのかって聞かれてこまったよ。小梅ちゃんと話してるとこ、見られてたみたいでさ。ちょっと聞きたいことがあるんだけどさ。小梅ちゃんのことなんだけど……」

「妹がどうかした？」

「あれから小梅ちゃんのことばっかりかんがえちゃってさ」

「ふうん、そう。じゃあ、わたし、図書室に用があるから」

そうごまかして席をたった。よびとめられたが、気づかないふりをして逃げた。こういう展開になることは、昨日のうちから覚悟《かくご》していた。レジカウンターをはさんでむかいあったときの、山本寛太の表情、それは一目惚《ひとめぼ》れした少年のものだったからだ。

夕方からドラマの再放送があり、それをながめながらしぶいお茶を飲むのがわたしの日課である。だから、放課後の学校にのこったことはあまりない。ジャージに着替えた運動部の人たちとすれちがったり、楽器をかかえたブラスバンド部の人たちとすれちがったりしながら、正面玄関で上履きから靴にはきかえた。昔は靴箱にたくさんの手紙がはいっていたけれど、今はもうそんなこともなくなった。友人の松代さんと土田さんは、それぞれ卓球部と柔道部に所属しており、放課後には練習に参加しなくてはいけなかった。だから三人で帰宅することはまれである。

　ひとりで校舎を出ようとしたとき、すぐそばの柱の裏側から、山本寛太の声がした。

「ちょっとまて、春日井さん。話をしたいんだけど」

　柱の陰から、やつがあらわれて、前方にたちふさがった。今度は逃げ切れずにつかまってしまった。

「もしかして、ずっとそこでまってたの？」

「うん。息を殺して、忍者みたいにかくれひそんでた」

「みなさん。ここに頭のどうかしている人がいますよ」

　バス停にむかって、できるだけ早足であるいた。山本寛太は、数メートル前方を、わたしのほうをふりかえったまま、うしろあるきですすんでいた。

「俺さあ、もう一回、小梅ちゃんにあってみたいんだよね」

　彼はそう言いながら、まったく足下を見ないで、車道と歩道をさえぎるほそい分離帯にのった。平均台の上をうしろむきにすすむような格好で、わたしの数歩前を維持《いじ》する。両手をズボンのポケットにつっこんでいた。特別なことをしているという様子でもなく、いつもの延長という感じだった。

「山本くん、部活はやってないの?」

「バイトがあるし、弟の子守《こも》りもしなくちゃいけないしな」

運動部に入っているのかとおもった。彼のあるいているでっぱりに、一部、くずれている箇所があった。わたしが注意を呼びかけなくても、彼はうしろむきのまま、その箇所をとびこえた。彼は後頭部にも目があるのかもしれない。

「そうだ、春日井さんちで勉強会やろうぜ!」

「小梅のこと、ほかの男子に言った?」

「スルーかよ!」

「秘密にしといてくれないかな、わたしに妹がいるってこと」

「なあ、ほんとうにきみら、姉妹なのか?」

いいえ、同一人物です。だまっていると、わたしが怒ったのだとかんちがいしたらしく、彼があせったように言った。

「外見のことを言ったわけじゃないぜ。なんつーか、愛嬌《あいきょう》っていうの?」

昨日、レジで会計をするとき、彼にほほえんでみせた。声もすこし高めだった気がする。一方でブスメイクのときは、いつもうつむいてそっけない態度をとってしまう。あまり顔を見られたくない、という意識があるせいだろう。それに、わたしはときどき、うたがいぶかい目で人を見ている気がする。今のわたしは、彼にとって、ずいぶん印象のわるい女子生徒にちがいない。

「ごめん。悪気があったわけじゃないんだけど」

「別に！　全然！」

歩道のでっぱりがとぎれて、山本寛太は地面をあるきはじめた。あいかわらずうしろあるきだったのだが、十メートルもいかないうちに、転がっていたジュースの瓶《びん》を踏んでころんでしまった。

「だいじょうぶ？」

「ケツが痛え」

立ち上がる彼を見ながら、あきれてしまった。でっぱりの上では危なげのない様子だったのに、地面でころんでしまうとは。

「足下、見ないからよ」

「ねえ、小梅ちゃんに会うチャンスをさあ、姉貴の特権でなんとかできないの？」

制服のズボンをはたきながら、泣きそうな声で彼が言った。

「無理」

「そこをなんとか」

目的のバス停が見えてきた。その段階になっても、山本寛太はあきらめず、わたしのそばにはりついていた。

「小梅ちゃんに会わせてくれるなら、俺、なんでもするぜ？　おまえの靴だってなめちゃうぜ？」

なんともなさけない声で彼がたのみはじめた。なんというあわれな男の子だろうかと、わたしは悲しくなった。

「じゃあ、山本君が今度の数学の試験で七十点以上とれたら妹にたのんでみる」

わたしがそう言ったのは、彼へのあわれみと、このまま家までついてこられたら面倒だなというかんがえからだった。数学の授業中、先生におこられていたことが頭のすみにひっかかっていたのだろう。

停留所にバスがやってきて、わたしはそれに乗りこんだ。窓の外を見ると、山本寛太が途方にくれたような顔で立っていた。これであきらめてくれるにちがいない。彼に七十点などという点数はどうかんがえても無理だ。

しかしその翌日。

遅刻ぎりぎりに登校してきた山本寛太は、わたしの席にやってきて宣言したのだ。

「俺は今日から勉強する！　だからおまえ、約束はまもれよ！」

校舎の二階にある廊下は、日当たりがよくて、休み時間になると何人かの生徒がひなたぼっこにやってきた。わたしと松代さんと土田さんの三人で窓辺にあつまり、中間試験の過去の問題用紙をどうやったら入手できるのかと相談した。ふつうは友人からコピーがまわってくるものだろうけど、わたしたちにはこの三人以外に友人と呼べるものがいないため、入手経路がかぎられていた。

そこに山本寛太がやってきて、わたしを見つけると、ふくみわらいをしながら数学のノートをひらいた。

「見ろよ、柚木！　一晩かかっちまったぜ！」

ノートにはきたない男子文字で力強く数式が書かれており、たいへん読みにくかったが、正しい解答がみちびけていた。彼はうれしそうに言った。

「ああ、やばい。これは、会っちゃうな。あの子に、会っちゃうよ、俺！」

「これぐらい解けるの、ふつうだから」

図にのりやがって、とおもいながらわたしは言った。

この数日間、ことあるごとに山本寛太が話しかけてきて、この問題が解けないとか、この文字は何をあらわすのかとか、いったいこの勉強がなんの役にたつのかと聞いてきた。

彼は、松代さんや土田さんにも問題の解き方を質問した。おっかなびっくりという様子でふたりは彼に勉強をおしえた。山本寛太が元気な声で「ありがとう、たすかった！」と言うと、ふたりは恐縮してちぢこまった。彼がわたしに話しかけてくるようになった理由を、松代さんと土田さんはたずねなかった。そんなことはどうでもいいというふうに、それまでどおり、みんなの通行のじゃまにならない場所でいっしょの時間をすごした。

山本寛太は中学時代の範囲から数学の勉強をし直す必要があった。休み時間に友だちと遊ぶのもことわって、彼は昔の教科書をにらんでいた。友人たちは首をかしげて、なぜ勉強などやっているのかと彼を問いつめた。わたしとの約束どおり、彼は決して小梅のことを話さなかった。友人に口をひっぱられても、鼻の穴にピーナッツをつめられても、彼は無言で数学の教科書をにらみつづけた。彼を本気にさせているのは、焼肉店で一度だけあった、小梅という少女の存在である。そうまでしてあいたい少女が、実はクラスメイトだということに彼は気づいていないのだった。

勉強している山本寛太を、毎日、ながめるうちに、心が痛んできた。そんなにがんばらなくてもいいのに、と内心でおもった。一目惚れかなにかしらないけど、そこまでやる必要ないよ、と。それにあんた、だれかれかまわず女の子に告白していたじゃないか。小梅のことはわすれて、それまでみたいに、はやいところほかの子にほれてしまえばいいのに。

「なんでおまえ、俺に勉強をおしえてくれるわけ？」

放課後の図書室で、山本寛太がわたしに質問した。数学のノートをひろげて、これから問題にむきあうというところだった。

「山本くんがわたしを呼びとめて、ここに連れてきたんでしょうが」

すっかり帰り支度をととのえていたのに、わたしは無理矢理、となりにすわらされて、勉強につきあわされているのだった。

「でも、おまえは俺に、妹のことをあきらめさせようとして、こんな条件をつきつけたんだろ？　それなのに勉強をおしえてくれるってのは矛盾《むじゅん》してないか？」

顔を見られないようにうつむき加減のままわたしは返事をした。

「そりゃあ、意外だったけど、山本くんが勉強するとは……」

しかし、がんばっている人は応援してあげたかった。小梅にあわせるとか、あわせないとか、そういうややこしい話はぬきにして。わたしはそうおもっていた。彼の最初の印象はよいものではなかったが、きたない男子文字のノートを見せられるうちに、なんだかこいつはわるいやつではなさそうだ、と評価がかわりはじめていた。

「山本くんがいい点数とったら、数学の先生、おどろくだろうなとおもって」

「おまえも、あいつ、きらいか?」

わたしがうなずくと、彼はうれしそうな顔をした。

「よし、俺たちはなかまだ。握手しようぜ」

「断る」

「あいつよりも、おまえのほうが、よっぽど教師にむいてるとおもう」

「どうして?」

「この前の授業で、あいつが言ったこと、おぼえてるか? あいつは俺を見放したんだ。こいつはもうだめだ、って。でも、おまえはそうじゃない。こうして勉強につきあってくれている。なあ柚木、俺、小学生のころは算数が得意だったんだぜ」

「本当に?」

「中学以降、授業を聞かなくなっちまったけど。その遅れ、今から取りもどせるだろうか……」

顔をふせた状態で、メガネと前髪ごしに、ちらっと彼の目を見た。教室で友人らとあそんでいるときには見せない、まじめな顔つきの山本寛太がいた。彼も、こんな表情をするんだな、と意外におもった。

「数学って暗記ものとちがって、蓄積《ちくせき》させていくものだし、むずかしいかもね」

「嘘でもいいから、きっと大丈夫、とか言えよ」

「いや、無理でしょう。どうかんがえても」

学校の図書室は校舎の西側にある。窓から西日がさしこんで、本棚をななめに光がはしっていた。山本寛太とおなじように机で勉強している人が何人かいた。わたしは彼のとなりの椅子で、読みかけの文庫本をひらいた。時折、彼に肘《ひじ》でつつかれて、数式の解き方をおしえたり、この問題集をつくった人を呪《のろ》い殺したい、というような発言を聞かされたりした。そのうちに窓の外がくらくなってきて、ちらほらいた生徒たちも帰っていった。わたしはすっかり文庫本に夢中になっていて、いつからか山本寛太がいねむりしていることに気づいていなかった。わたしはむかついて彼の足をけとばしたが、起きる気配もなく、ほうっておいてひとりで帰った。暗い夜道をバスが走りぬけて、わたしを住宅地まではこんだ。こんなにおそくまで学校にのこっていたのはひさしぶりだな、とおもった。こういうのもわるくないかな、とすこしかんがえた。

「小梅ちゃんの写真をくれ。いつも机にかざっておけば、もっと勉強できるような気がするんだ。写メールでもいいからさ」

　中間試験の一週間前、山本寛太がわたしにつめよって、そんなことを言い出した。両手をあわせて、彼は涙目だった。相当なところまでおいつめられている、というのがわかったけど、もちろんことわった。しかし彼はひきさがらなかった。わたしがいつ気まぐれをおこしてもいいようにと、携帯電話の番号やらメールアドレスやらをノートのきれはしに書いてわたされた。

「なんなら、それを直接、小梅ちゃんにわたしてくれたっていい！」

「帰ったらゴミ箱へすてることにしよう」

「ちょっと！　お姉さん！」

　その日、帰宅して口の中の綿を出し、化粧を落としてすっきりすると、自分の試験勉強にとりかかった。夕飯の後に数学の問題集をやっていると、おもいのほか、すらすらと問題が解けた。山本寛太におしえることが、自分にとっての勉強にもなっていたらしい。

　部屋の窓ガラスに、日常用のメガネをかけている自分の姿がうつりこんでいた。ブスメイク用の似合わないメガネは学校に行くときしかつかわない。

　見慣れた顔だ。でも、やたらと人目をひくのは、目の形のせいだろうか。鼻筋のせいだろうか。それとも唇のせいなのか。母に似ている部分もあれば、父からうけ継いだところもある。はじめてモデル事務所に足を踏み入れたとき、はたらいていた人たちが一瞬、たちどまってわたしのほうをふりかえっていた。電車にのりこんだときも、周囲の人たちが、おどろいたようにこちらを見た。

窓ガラスにむかって、雑誌モデルをやっていたときみたいに、無理矢理、笑顔をつくってみたり、すましてみたりする。そうした一連の流れで、わたしは自分の顔にむけて携帯電話のカメラ機能をつかった。いまいちきまっていない自分の顔が撮れた。

「試験の過去の問題を手に入れられる? 妹の写真と取引きしましょう」

わたしはそのようなメールを山本寛太に送信した。男子とメールするのはひさしぶりだった。中学のとき大量にメールがくるのがいやで何度もアドレスをかえた。現在、松代さんと土田さんにしかメールアドレスをおしえていない。山本寛太から、すぐにメールの返事がきた。

「なんとしても入手します」

彼の仕事ははやかった。わたしや松代さんや土田さんとちがって、彼はクラスに大勢の友人がいた。メールを出した翌日の朝にはもう全教科ぶんの過去の問題用紙のコピーがそろっていた。わたしが登校してくると同時にそれをつきつけて、鼻息あらく小梅の写真をせがんだ。

その日、山本寛太は一日のうちに何度も携帯電話をとりだしては画面をながめてため息をついていた。わたしは人知れずペンシルを折れそうなくらいにぎりしめて、馬鹿なことした、馬鹿なことした、と後悔した。でも、過去の問題が手に入ったと報告すると、松代さんや土田さんがうれしそうにしていたから、まあいいか、とわりきった。

放課後にほかの男子生徒が山本寛太の携帯電話をのぞきこんでさわぎはじめた。わたしは興味のないふりをしながら会話に耳をすませた。

「だれなんだ、このまちうけ画面の少女は⁉」

クラス中の男子が彼の携帯電話のまわりにあつまった。どうやら、昨日の写真がまちうけ画面に設定されているらしい。頭痛がした。どうして自分が、彼あての電話やメールの電波を待ち受けねばならないのか。

「おしえろ！　この子はいったい、おまえのなんなのだ！」

男子たちが山本寛太の襟元《えりもと》をつかみあげた。すべての男子は彼よりも背が高いので、おとなにかこまれた小学生みたいだった。彼はせきこみ、手足をふりまわしてあばれるのだが、はなしてもらえなかった。その間、彼の携帯電話は男子生徒の手を巡回し、彼らをおどろかせ、山本寛太に無断でその画像を自分自身の携帯電話に送信しているのだった。

「だれだっていいだろ！　通りすがりの子だ！」

山本寛太は必死の顔で携帯電話をとりかえした。

「嘘だ！　こんな美少女が、そうかんたんに通るものか！」

「たとえ通ったとしても、おまえに写真を撮らせるものか！」

「ああ、それにしても、なんてかわいらしいほほえみなんだ！」

「この子にくらべたら、レッサーパンダなど猛獣にひとしい！」

彼らは混乱して、山本寛太をかつぎあげると、ワッショイ、ワッショイとおまつりのようにさわいだ。

絶対にこの教室で素顔をさらすことはすまい。わたしはかつてないほどかたく心にちかった。

二学期の中間試験は三日間おこなわれ、数学の試験は最終日だった。山本寛太はそれ以外の科目など、どうなってもかまわないという様子だった。もちろんわたしにとってはどうでもよくなかったので、松代さんや土田さんといっしょに勉強会をしたおかげで一日目、二日目と、順調に試験を消化できた。

最終日の朝は肌寒かった。日中はまだあたたかいけれど、朝には息が白くなった。そろそろ上着がほしい。地味で存在を消せるような「ハリー・ポッター」に出てくる透明マントみたいな上着があればいいのにとおもいながら家を出た。

一限目が数学の試験だった。友人二名と会話をしながら、おちつかない時間をすごした。「昨日、どれくらい勉強した?」という土田さんの質問に、「全然やってない」とひかえめにこたえた。

山本寛太は試験のはじまる直前に登校してきて、わたしの席にちかづいてきた。メガネと前髪ごしにわたしは彼の顔を見た。寝不足気味のつかれた表情だった。彼は鞄から大きめの雑誌をとりだした。見覚えのある表紙だった。

「バイト先の女の先輩に、小梅ちゃんの写真を見せたら、どっかで見覚えがあるって言われてさ。それで、この雑誌を押入からひっぱりだしてきてくれたんだ」

小学生の女の子を対象にしたファッション雑誌だった。誌面に掲載されているのは、中学生くらいの年齢のモデルである。読者の年齢よりもすこし上の子が起用されるのだ。

山本寛太が、付せんのはってあるページをひらいた。そこにはやせっぽちの女の子の写真が掲載されていた。スタイリストが決めた新作の服を着て、作りこまれたセットのなかでくつろいだり、ポーズをとったりしている。ほかのモデルの子よりもあつかいが大きかった。その号はわたしの家にも保管されている。撮影したときの状況も記憶にあった。

「活動してたのは二、三年くらいだってな。人気が出はじめて、すぐに活動休止して、事務所もやめたって聞いたよ。プロフィールはほとんど不明。今、どこでなにをしているのかも不明」

「……よく見つけたね、こんなの」

人助けのつもりで雑誌モデルになったのは小学生のときだ。そのときつけた芸名が小梅だ。同名の飴玉を母が好んでよく食べていた。焼肉店で名前を聞かれたとき、とっさに昔の芸名を口にしてしまった。当時のように、素顔をさらして、つくりわらいをうかべたせいだろうか。

先生が教室にやってきたので、山本寛太は雑誌を鞄にしまった。

「いいか、七十点とったら、約束だぞ」

問題用紙がくばられはじめて、その数分後には教室がしんとしずまりかえった。問題用紙は机の上でうらがえされている。先生が腕時計を見ながら合図すると、いっせいにみんなが用紙を表にして、数学の問題を解きはじめた。

化粧で素顔をかくすと、人にじろじろ見られることがなくなり気楽だったけど、男性の対応が微妙に変化した。たとえばコンビニでお菓子を買うとき、男性店員の態度がそっけなかった。いろいろな店で冷たくあしらわれ、これまでわたしは外見で得をしていたのだと気づかされた。ものを落とせばひろってもらえる。こまったことがあればたすけてもらえる。自覚していなかったが、わたしはそういうことになれてしまっていたらしい。

男性不信になったきっかけは、中学のときの先輩である。その人は格好良くて、成績優秀で、スポーツ大会でも大活躍し、女子全員のあこがれだった。話をするようになったのは、わたしたちの描いた絵がそろって市役所で表彰されたからだ。わたしたちは顔を見ればあいさつするようになり、やがてメールの交換もするようになった。彼はわたしの前でいつもやさしかった。

中学二年のある日、化粧で地味な印象にして街にいるとき、通りのむこうから先輩があるいてくるのを見かけた。そのころには化粧がうまくなっていて、自然な感じで地味な女の子に変装できた。わたしに気づくかどうかをためしたくて、あるいてくる先輩をじっと見つめた。すると彼はすれちがいざまにこう言ったのである。

「どけよブス」

普段、そんなことを言うような人には見えなかった。彼が行ってしまったあとも、わたしは底知れないおそろしさでしばらく声を出せなかった。ブスと言われたことがショックだったのではなく、先輩がそういう一面をかくしていたというのがこわかった。以来、先輩からのメールにも返事できなくなり、告白されたときもことわった。今にしておもえば、わたしは先輩のことが好きになりかけていたのではないか。だからよけいに傷跡がふかかったのではないか。

それ以来、化粧をして出歩く頻度《ひんど》がふえた。目立たないようにするため、というよりも、そうしなくてはならない、という切迫したきもちがどこかにあった。素顔でいるときに見えていなかったものを観察した。地味な風貌《ふうぼう》でいると、他人の表情や態度があからさまにちがってくる。人は普段、相手によって複数の仮面をつかいわけて生活している。人がどのような仮面をかぶっているのか、わたしは気になった。たぶん、人間というものが、信じられなくなったのだ。

「全員があなたには本心をかくしてる」

引っ越していくわたしに、親友が言った。

「あなたのことを好きになる人なんていない。あなたにちかづく人は、あなたの顔が好きなだけで、あなた自身にはこれっぽっちも興味がないんだからね」

彼女の言葉は、呪いとなってわたしの人生をしばりつづけている。

先生の合図で数学の試験が終わった。放課後、帰り支度をととのえて校舎を出ると、山本寛太がとぼとぼあるいていた。

「試験、どうだった?」

彼はゆっくりと顔をあげてわたしをふりかえった。

「もういいんだ。俺なりにがんばったから。ありがとうよ、柚木。結果はともかく、たのしかったぜ」

「たのしかった?」

「おまえともなかよくなれたしな」

「え、いつ?」

「おまえ、ほんとつきあいづらいやつだな」

彼はすがすがしい顔をしていた。わたしはその横顔に見入った。こちらまできもちよくなるような表情だった。この男の子が、勉強を聞きにわたしの席まで来ることは、もうなくなるのだ。そうおもうと、すこしなごり惜しいような気がした。

「あーあ、小梅ちゃんに会いたかったなあ!」

山本寛太が空にむかってさけんだ。

数日後の試験結果発表の日、おどろくべき結果が報告された。クラスメイト全員がそのことに啞然《あぜん》とした。小梅にたいする彼の執念は、どうやら、奇跡をおこすくらいに強いものだったのだ。

3

つめたい風がふいて、街路樹の枝から木の葉がおちた。からからに乾燥《かんそう》した落ち葉をふみながら、駅前にはおおぜいの人があるいていた。新幹線や特急はとまらないが、快速の電車なら止まってくれる駅だ。東京から遠いこの地方都市で、もっともビルの密集した地域である。ナンパ目的だとおもわれる男性を何度かやりすごし、わたしは駅前のバスターミナルで山本寛太が来るのをまった。

数学の試験で七十一点をとった山本寛太は、学校で会うたびに答案用紙をひらひらさせながら、「約束は守れよな!」と天下をとったような顔で言った。

「いいか、柚木。俺は小梅ちゃんと二人きりでデートしたいってわけじゃないんだ。いきなりそんなのは、まずいだろ、さすがに。最初の一歩としては、もっとひかえめなほうがいいんだ。姉のおまえが同伴でいいから、三人で一時間ぐらいだけ会うってのはどうだろうか」

二歩目なんかねえよ、と内心で毒づきながら、結局は日曜日に山本寛太と小梅をあわせることになったのである。

駅前の広場に奇妙な形のオブジェがあり、そこに時計の文字盤がはまっていた。午後二時をさすと、オブジェのなかからちいさな人形が登場して、ひょうきんな音楽をならしはじめた。まちあわせの時間だった。

「わあ!」という子どもの声がした。ふりかえると、すこしはなれたところにわたしの腰ぐらいまでしかない男の子がたっていて、広場のオブジェを見上げていた。おどろくべきことに、その子は山本寛太と手をつないでいた。

山本寛太はわたしに気づくと、「あ……」と声を発して、すぐに怪訝《けげん》そうな顔をした。まちあわせ場所にいるのが、ようするに妹の小梅だけだったからだろう。

わたしはいつもの化粧をしていなかった。コンタクトレンズを装着し、自分にあったサイズの服を着て、髪型も自然な印象にととのえていた。家を出て駅前に到着するまで、ずいぶん居心地がわるかった。バスの車内でも、街角でも、みんなの視線がむけられるのを感じたからだ。

「あ、どうも……。山本さん、ですよね……？」

緊張してかたまっている山本寛太に話しかけてみた。猫をかぶって、かわいらしい声を出すように心がけた。昔、雑誌モデルの仕事をしていたときのように。

「あの、柚木さんは……？」

おそるおそるという様子で山本寛太が声を出す。いつも呼び捨てにしているくせに、なぜ今日は「さん付け」なのか。

「姉は風邪《かぜ》で寝こんでます」

姉同伴でいいから、などと殊勝《しゅしょう》なことを言われても、同時に登場するのは無理なのだった。

「ところで、その子は？」

「弟の慎平《しんぺい》です。親に子守りをおしつけられてしまって」

山本寛太は、男の子の頭に手のひらをのせた。慎平くんは背中に子ども用のリュックをせおった、かわいらしい幼児だった。わたしたちの腰までしか身長がなく、靴のサイズも手のひらくらいしかない。両親がふたりともはたらいているので、たまに弟の子守りをしているのだという。

「俺のこと、おぼえてます？」

「焼肉のお店で、はたらいてましたよね？　あとそれから、姉がいろいろと話してました」

「へえ、どんなことを？」

わたしはにこやかな笑みをたやさなかった。

「今日は助かります。電化製品のことって、よくわからないから。どのｉＰｏｄ《アイポッド》を買えばいいのか、こまってたんです」

「あの、気になるんですけど、柚木さんがなんて言ってたのか……」

わたしたちは駅前の大型電器店にむかった。店内に入ってエスカレーターで移動し、音楽プレイヤー売り場に到着すると、山本寛太はわたしに慎平くんをあずけてひとりでトイレにいってしまった。

わたしは四歳の男の子と手をつないで、様々な種類のｉＰｏｄをながめた。慎平くんは小型の機械に興味津々で、なにかおもしろいものがあると「おねえちゃん！　これ！」とさけんでゆびさした。兄弟ともに声が大きく、元気でよろしい、とおもった。

しばらくたって、わたしの携帯電話が鳴った。液晶《えきしょう》に表示された名前は、トイレに行ったはずの山本寛太だった。

「もしもし?」

「柚木か?」

不機嫌そうな彼の声が聞こえてきた。

「うん」

「言いたいことがふたつある! まずひとつめ! なんで今日にかぎって風邪なんかひくんだよ!」

トイレというのは嘘で、彼は春日井柚木に電話をかけに行ったのだと気づいた。わたしがおなじ電器店にいて、電話と逆の手で慎平くんと手をつないでいることなど、彼は想像もしていないのだ。

「わたしがいないほうが、妹と話すチャンスがふえるんじゃない?」

風邪気味をよそおうため、電話にむかって何度か咳《せき》をした。慎平くんがわたしを見ていたので、にっこりとほほえんであげた。

「おまえに弟の子守りをさせて、俺と小梅ちゃんが二人っきりになるようにと計画していたんだ。そのために慎平をつれてきたってのに」

「そんなせこいことをかんがえていたのか……」

わたしのそばに展示してあったステレオを慎平くんがいじって、流れている音楽が急に大音量になった。わたしはあわててステレオの音量をさげた。

「ずいぶんでかい音で音楽聞いてるな」

音楽が電話のむこうにも聞こえてしまったらしい。

「もうひとつの言いたいことってのは？」

「風邪、はやくなおせよ！」

それから一方的に電話がきられて、数分後に山本寛太がもどってきた。わたしは、ずっとｉＰｏｄをながめていたふりをして彼と合流した。

山本寛太は、弟の慎平くんに話しかけた。

「おとなしくしてたか？」

「おねえちゃんが、ゴホン、ゴホンってしてたよ！」

慎平くんがわたしを指さした。

「風邪ですか小梅さん？　柚木のやつ、小梅さんにまで風邪をうつしやがって……」

わたしは冷や汗をかきながら、再度、わざとらしく咳をした。そばのステレオをふりかえって、山本寛太が首をかしげた。

「この曲、はやってるんですかねえ」

「そういえば、姉も、このCDもってたような……」

「へえ、意外だなあ」

「………」

ステレオからながれていた曲はヒップホップ調で、黒人男性のダンスしている様がおもいうかぶようなリズムだった。

その後、正体がばれることなく、わたしは彼の説明を聞きながらiPodを購入した。電器店を出ると慎平くんが「つかれた」と言ったので、三人でマクドナルドに入った。

わたしと慎平くんがテーブルについて見つめ合っていると、山本寛太がトレイにジュースやポテトをのせてはこんできた。店内はひろびろとしていて、大きな窓から心地よい日ざしがさしこんでいた。ジュースをのみながら、わたしの雑誌モデル時代のことや、姉の柚木に関することを話題にした。

やがて咳払いしたのちに、山本寛太が言った。

「あの、ところで、小梅さんにはおつきあいしている人がいるんですか?」

となりで慎平くんがジュースをのみほして、ストローでズコズコとまぬけな音をたてた。わたしは、ついに来たか、とおもった。

「そういう相手はいませんが、山本さんとおつきあいする気はないです」

山本寛太が、大げさに手をふった。

「もちろん。俺はそんな大それたこと、かんがえてませんから」

わたしは意外なきもちだった。

「なんだ、てっきり……！」

「想像できませんって！　こんな美少女と俺が⁉　まさか！　でも、そのかわり、たのみがあるんです」

山本寛太がまじめな顔つきになった。

「半年前からずっと、俺、こまってるんです……。春ごろに、中学時代の知りあいと、ばったり会ったんですけどね。そいつ、俺の身長が低いのを馬鹿にするような、嫌なやつだったんですよ。そいつが、恋人とふたりでサティをあるいていたんです……」

東京近郊に住んでいる高校生なら、デートと言えば都内に出かけてあそぶのだろうけど、わたしたちの町ではサティであそぶのが定番だった。町にある大型ショッピングモールのサティには、映画館やボウリング場がはいっており、日曜日には大勢のカップルとすれちがった。

中学時代の知人は山本寛太を見つけると、ちかづいてきて彼女を紹介したという。その後、「おまえには彼女なんているはずないよな」という意味合いの嫌みを言われたので、むかついておもわず嘘をついてしまったのだという。「俺にも彼女くらい、いる」と。そこからは雪だるま式に嘘をつくはめになった。「会わせろ」と追及する知人。「いそがしいから無理」と言い逃れをする山本寛太。

「どこにでもよくある、青春の一ページです」

彼はため息をつきながら首を横にふった。

「どうしてそんな、死ぬほどくだらない嘘を……」

「彼女のいないことがはずかしかったわけじゃないんです。ここ、大事ですから、よく聞いてください。俺はただ、そいつにむかついていたんです。身長の低いおまえに彼女なんてできねえよ、というにやついた視線！　おもいだしても腹がたつ！　それでおもわず、嘘ついちゃったんです」

「背丈が低い云々《うんぬん》のところは被害妄想……」

「この半年間、その知人が一ヶ月おきに電話してくるんです。もういい加減に嘘をみとめろって。俺は、みとめませんけどね、くやしいから」

「みとめてください！　子どもっぽいなあ」

「そこで小梅さんにおねがいなんですけど。一日だけ、俺の彼女としてふるまって、そいつに会ってくれませんか。そうすれば、そいつもなっとくして、もう俺は嘘つかなくてよくなるとおもうんです」

彼の話は初耳で、ほんとうのことなのかどうかわからない。もしかすると、短期間のうちに複数の女子に告白していたのは、こういう背景があったせいなのか。しかし、この話が真実だったとしても、そういうことにつきあわされるのはいやだった。

「正直にあやまったほうがいいとおもいます。全部が嘘だったって。そうするべきです」

山本寛太はわたしを見て、観念するような顔をした。

「……やっぱ、そうですかねえ。それがいいですかねえ」

「絶対、その方がいいですよ」

慎平くんがリュックのなかから折り紙をとりだして、わたしにさしだした。

「おねえちゃん、手裏剣《しゅりけん》つくって！」

宝石みたいな瞳だった。しかしわたしには手裏剣などつくれないのだ。

「おねえちゃんをこまらせるんじゃない！」

横から山本寛太が折り紙をうばって、手際よく手裏剣を折ってやった。慎平くんはよろこんで、つぎは恐竜をつくってくれとせがんだ。彼は弟にたのまれるまま紙を折らされていたが、次第に彼自身が熱中しはじめたらしく、たのまれていないのに鶴をつくったり、象をつくったり、アンパンマンをつくったりしはじめた。目の前にわたしがいることをすっかりわすれてしまったらしく、二十分ちかく兄弟だけで会話をしていた。

やがて山本寛太は、テーブル上にならんだ折り紙の動物たちをながめて、満足そうな表情をした。そこでわたしと目があった。

「あ、そうか……」

今は女の子といっしょにいるんだったっけ！　そんな顔だった。彼はあわててあやまりはじめた。

「ほったらかしにして、すんません」

わたしはうつむいて笑いをこらえた。怒っていなかったし、折り紙であそんでいるふたりをながめているのがたのしかった。

マクドナルドを出て、山本兄弟とわかれた。バスに乗り、自宅のある住宅地へもどるときも、今日のことをおもいだして、おもわず笑顔になりそうだった。

帰宅してひとりになると、急激にさびしさがこみあげてきた。

中学生のころ、わたしには、居心地のいい友人がいた。彼女はものしずかで、おっとりとした雰囲気の少女だった。彼女のそばにいると、日だまりをみつけた猫のようにわたしの心はやすらいだ。

ふたりで街をあるいていると、よく男の子が声をかけてきた。彼らはあからさまにわたしとばかり話をしようとするので、友人はそういうとき、いつも所在なげにしていた。

学校にいるときも似たようなことは起きた。わたしと友人が話していると、男子がよってきて会話に参加する。いつのまにか男子の人数がふえてきて、わたしをとりかこむ。友人は気づくと輪からはずれているのだ。

中学三年の三学期、わたしが引っ越しをすることになって、放課後の教室で彼女と最後のわかれをした。西日が窓からさしこんで、ならんでいる机の天板に反射していた。教室にはわたしたちしかおらず、グラウンドで練習している運動部の声がかすかに聞こえていた。

「これでおわかれになっちゃうから、ほんとうのことを言うね。あなたなんか嫌いだった。死ねよって、いつもおもってた」

淡々《たんたん》とした声だった。夕日が彼女の顔に影をつくり、わたしの制服を赤く照らしていた。わたしは恐怖でうごけなかった。彼女とわかれるのがつらくて、涙ぐみながら「いつかまた会おうね」と話した直後に、そんなことを言われたのだ。

「どれだけみじめなきもちであなたのそばにいたのかわかる？　どうしてわたしなんかと、なかよくしたの？　わたしの悩みなんて、わかるわけないよね。あなたにはさ、ふつうの人の人生なんて、想像つかないよね」

立ちすくんでいるわたしを見て、彼女は鼻でわらった。

「あなたのことが嫌いな女子は、わたしだけじゃないよ。全員があなたには本心をかくしてる。あなたのことを好きになる人なんていない。あなたにちかづく人は、あなたの顔が好きなだけで、あなた自身にはこれっぽっちも興味がないんだからね。あなたは、今後一生、だれともわかりあえることなく、ひとりぼっちですごしていかなくちゃいけないんだ。さようなら、もう二度と、この町には現れないで」

廊下のほうから、クスクスという笑い声が聞こえてきた。いつからそこにいたのか、クラスメイトの女子たちが、入り口や窓のすきまからわたしたちをうかがっていた。友人は教室を出て、彼女たちとわらいながらいなくなった。みんなの声がとおざかって聞こえなくなると、わたしはひとり、教室にのこされた。次第に空がくらくなり、教室は海の底みたいな暗闇につつまれた。それから二年ちかくが過ぎても、わたしはその教室から出られないでいる。

朝のホームルームがはじまる前に、机でほおづえをついていると、男子の集団が横をとおりすぎた。彼らは華やかな女子のグループと合流し、たのしそうにおしゃべりをはじめた。ブスメイクをするだけで、わたしに話しかけてくる男子はいなくなる。おかげで女子から嫉妬《しっと》や反感を買うこともない。中学時代に親友から言われたことをおもいだしていたら、土田さんがちかづいてきた。

「どうかした?」

視線をはずしたまま土田さんが言った。ふくよかな体が、机と机の間で窮屈《きゅうくつ》そうだった。彼女は黒板のほうを見ている。わたしたちはお互いの目をあまり見ることがない。見つめられると、挙動不審《きょどうふしん》になるからだ。わたしは化粧がばれるのをおそれるあまりそうなった。松代さんと土田さんの場合は、いつからかそういう性格になったらしい。

「ちょっとかんがえごとをしてて……」

「なやみごとがあるんなら、素振りをやるといいよ」

「素振り？　野球の？」

土田さんは日ごろいやなことがあると、深夜の土手で「うぉぉぉぉ」とさけびながら金属バットをふりまわしているらしい。汗をながして気分がすっきりするというのだ。

「人に見つかったら、不審者《ふしんしゃ》あつかいされるよ？」

「うん。一回、通報された」

土田さんが交番につれていかれてうなだれている様子を想像した。これはもてない。どうかんがえても、もてない。でも、そんな彼女がわたしは好きだ。

松代さんのこともわたしは大好きだ。彼女は占いやおまじないが好きで、近所の神社で十年に一回だけ発行されるというあやしげなお札《ふだ》を購入し、一枚わけてくれたことがある。それを部屋にはっておくだけで、幸福になれるというのだ。松代さんも、やっぱりもてない。

高校一年生のときわたしには友人がいなかった。教室でだれとも話すことなく、ブスメイクをほどこして、置物《おきもの》のようにひっそりとした生活をおくっていた。引っ越しの直前に親友から言われたことがトラウマになり、一年間もわたしを萎縮《いしゅく》させていたのかもしれない。

高校二年生になり、松代さんや土田さんと同じクラスになって、わたしはようやく日々をたのしめるようになった。彼女たちとの会話におしゃれや男の子の話題は出てこなかった。三人でさけていたふしがある。男の子に素通りされるような外見と存在感のなさが、わたしたちをむすびつけているのだ。風のふきだまりにたまったほこり同士が、よりあつまったみたいに。

このふたりにわたしの素顔のことをしられるわけにはいかない。今現在の顔がただの化粧で、嘘をついて仲間にいれてもらっているだけなのだと判明したら、わたしたちはもう今みたいになかよくできないかもしれない。きっとぎこちなくなってしまうだろう。もうわたしは、友人にきらわれるのはいやだった。

山本寛太が登校してきて、さっそく男子とはしゃぎはじめた。

「おまえ、昨日、女の子と駅前にいなかったか？　すげえかわいい子と。ほかのクラスのやつが見たってよ？」

「うるせえ。詮索《せんさく》してんじゃねえ」

そんな会話が聞こえてきた。やがてほかの男子が、山本寛太の頭をぽかりとたたいて、追いかけっこがはじまった。いつも通りの風景だ。しかし数ヶ月前と決定的にちがうのは、わたしが山本寛太を目でおいかけてしまうということだ。腕をふりまわしてはしっている彼を、分厚いメガネと額にかけた前髪のあいだからながめていると、ふいに目があった。わたしはすぐに目をそらして、机の天板をじっと見つめた。

昼休みに化粧のチェックをしようとトイレにむかっていたら、山本寛太に話しかけられた。

「風邪、もう平気なのか?」

「うん、まあ」

「小梅ちゃん、俺のこと、なんか言ってなかった?」

「別に」

「小梅ちゃんにさ、一日だけ彼女になってほしいってお願いしたんだ。ことわられたけど」

「そういえば、そんなこと言ってた気がする」

「小梅ちゃんが、そのことでおこってたら、おまえからあやまっといてくれないかな」

「山本くん、いろんな女子に告白してたのは、知りあいに紹介したかったから?」

「まあ、そうかな……」

「だれでもよかったんだね」

「なあ、小梅ちゃんは……」

「うるさいな、もうやめてよ。小梅、小梅って、馬鹿じゃないの……」

わたしがおもわずそう言ってしまうと、彼はおどろいたように口をつぐんだ。わたしはうつむいてその場を逃げ出した。

トイレの個室に入ると、メガネをはずし、ポケットから鏡をとりだした。ほおのうらがわにはさんでいた綿を口からだすと、だいぶ素顔にちかづいた。

昨日、山本兄弟とわかれた直後はいい気分だった。あんな風にたのしく過ごせるとはおもっていなかったのだ。しかし、帰宅したあたりから急に心がもやもやしてきた。

素顔をいつわることで、それまで見えなかったことが、見えるようになる。そうして学んだ。他人を信じるな。うたがってかかれ。人間がいつも、本心を見せているとはかぎらない。もしも信じてしまったら、いつか裏切られてかなしいおもいをするはずだ。人は相手の外見によって態度を変える。素顔でいるときとブスメイクをしているときの、周囲の変化を見るたびに確信は強まった。

特に男の子だ。素顔でいるときにちかづいてくるすべての男の子には、下心があるような気がしてならない。自分が潔癖《けっぺき》すぎるのだろうか。結局、だれともつきあわないままこの年齢になってしまった。今となっては、自分がだれかと恋愛関係におちているというような想像がつかない。

きっと、山本寛太だってよこしまなところがあるのだ。彼は、小梅の顔を気に入って恋人のふりをさせようとした。ほかの女子ではなくわざわざ小梅に依頼したのは、知人よりもかわいい彼女が自分にはいるのだと自慢したかったからではないのか。他人よりも優位に立って、見かえしてやりたいという感情があったからではないのか。昨晩から今日にかけて、心がしずんでいたのは、そんなことをぐるぐるとかんがえてしまったからだ。

しかし、それとは別に、彼の口から小梅という名前が出ると、いらついてしまう。ほかの人が小梅のことを話しても、さっきみたいな口調になってしまうとはおもえない。山本寛太がうかれたように、小梅、小梅、と何度も言うのがたえられなかった。いったいなぜだろうか、と心の中でつぶやいてみる。

突然、鏡の中の小梅が、わたしにむかって語りかけてきた。

「まだ自分のきもちに気づかないの？　それとも気づかないふりをしてるの？　あなたは彼のことが……」

最後まで聞かずに、わたしは鏡を閉じた。やめてくれ、こういうの。映画『スパイダーマン』で似たような演出があったよ、とわたしはおもった。

その日以降、山本寛太との交流は急にとだえた。わたしがいらついて声をあらげたのが原因である。教室で彼がわたしに接触してきたのは、焼肉店で見かけた小梅のことがきっかけだ。彼女の話題がわたしたちをぎりぎりつないでいたのだ。小梅の話をするなと言われたら、もうわたしに話しかけてくる理由など彼にはないのである。それに、男子とは縁のない地味なグループの一員でいるためには、彼と交流しないほうがいいのかもしれない。

教室や廊下で彼とすれちがうたびに、どのように声をかけたらいいのかわからなくなった。気まずい空気をのこして、足早に彼の視界から出て行くことをくりかえした。今後一生、山本寛太や彼の弟と、マクドナルドに行くこともないのだ。そうおもうと、さみしさがつのった。

夜、窓ガラスにうつりこんでいる自分の顔を見ていると、素顔で山本寛太にあってみたくなる衝動にかられた。春日井柚木ではなく小梅として。偶然に道端で会ったようなふりをすればいい。でも、その先どうなるというのだろう。わたしは小梅ではないのだ。そんな人間はどこにもいない。本性をかくして、別の人格をいつまでも演じつづけられる人なんていない。きっといつか耐えられなくなって心を悪くする。十年も、二十年も、それをできる人がいるとしたら、きっとその人は怪物だ。

山本寛太と話をする機会は、一週間後におとずれた。

4

十一月第二週目の土曜日は、朝のうちすがすがしい青空がひろがっていた。学校はやすみだったが、洗面所でわたしはブスメイクをほどこした。松代さん、土田さんといっしょにあそぶ約束をしていたからだ。

三十分ほどバスにゆられて、バイパス沿いにあるバス停でおりた。太陽が雲にかくれて、雨がふりそうだなとおもって空を見ると、メガネのレンズにちいさな小雨の滴がおちてきた。

郊外型の大型店舗がバイパス沿いにならんでいた。そのなかでもひときわ大きな建物が、日用品や家電、ブランドショップ、書店、映画館、ボウリング場までそろっているショッピングモールのサティである。隣接されている立体駐車場に、買い物客の乗用車が次々とすいこまれていた。エスカレーターで二階にあがり、書店で陰陽道の本を立ち読みしている松代さんと、バイキング特集の雑誌をながめている土田さんに合流した。わたしたちの通っている高校からほどちかい場所にあり、バスの定期券が使えるということで、ふたりとよくここにあつまって半日をすごした。

三人で文房具をながめたり、雑貨をながめたりした。私服であつまってみても、やっぱりわたしたちは地味だった。松代さんは男に見まちがえられて、女子トイレにはいるたびにほかの人からおどろかれた。土田さんは服売り場に長時間いることができなかった。店員に声をかけられると、とっさに返事ができず、服を置いてその場から逃げ出してしまうのだ。彼女たちは心の中で、うまれてきてごめんなさい、とおもいながら生きているらしい。会話にも、メールにも、よく謝罪の言葉がまじった。だからこそ、人目をさけて地味な格好をしているほうがおちつくのだ。

わたしたちがおもちゃ売り場でゲームソフトをながめているとき、後ろのほうから元気のいい少年の声がした。

「おねえちゃん！」

大きな声だったから、売り場にいた全員がふりかえった。恐竜の人形を売っているあたりに、山本寛太の弟の四歳児がたっていた。

「慎平くん？」とわたしがつぶやいた。

「しってる子?」と松代さんがわたしに聞いた。

彼は全力疾走してきて笑顔でわたしにだきついてきた。わたしはうれしくなって慎平くんのわきをくすぐりながら「ひさしぶりじゃない」と話しかけた。彼が自然な様子でなついてきたから、こんなことがおこるはずがないのだ、ということに頭がまわらなかった。

「おい、慎平。そいつはこのまえのおねえちゃんじゃねえぞ。ちがうおねえちゃんだぞ」

あきれたように言いながら、山本寛太が弟のあとを追いかけてきた。今日も子守りをしているらしい。彼の姿を目にして、逃げ出したいようなきもちと、うれしいような感情とが同時にわいた。

慎平くんがわたしの顔を見て「あれ?」という表情で首をかしげていた。

「柚木、おまえ、子ども好きだったんだな。初対面の子に、そんなふうにするなんて」

ひさしぶりに話をする山本寛太が、意外そうな顔で言った。彼の私服にはポケットがたくさんついており、ヨーヨーやゲームボーイがつまっていそうだった。

「いや、だきつかれたから、つい……」

わたしは平静をよそおって、慎平くんをとおざけた。そういえば一週間前にこの子とあったときは素顔だった。会ったことなどない、ということにしなければいけないのだ。ややこしい。それにしても、ブスメイクをほどこした状態なのに、わたしだと見抜いたのは、子どもゆえの直感だろうか。

「えー、おねえちゃんだよ？」

慎平くんが下からえぐるように顔をのぞいてくるので、わたしはさりげなく顔をそむけた。山本寛太は、こまったように弟の頭をなでた。

「おまえなあ、よく見ろよ。全然、ちがうだろうがよ。小梅ちゃんに失礼だろうが」

前髪の間からひとにらみすると、山本寛太はすっとぼけるように咳払いをくりかえした。わたしは気をとりなおして質問した。

「その子が弟さん？」

「小梅ちゃんから聞いてるだろ。名前は慎平」

「はじめまして、慎平くん」

今度はあらためて、初対面のふりをしてあいさつした。慎平くんにはまだわたしが小梅に見えるらしく、わけがわからないという表情だった。

おもちゃ売り場のかたすみで、わたしたちは立ち話をして、すぐにわかれた。会話の内容も、彼が松代さんと土田さんにあいさつしたり、今日は三人でなにをしているのかと聞かれたり、他愛《たわい》のないものだった。

「このあと、用事があるんだ」

腕時計を確認して、山本寛太は去っていった。慎平くんは何度かふりかえってわたしたちに手をふった。松代さんと土田さんが、なごんだ様子で手をふりかえした。以前とおなじように山本寛太と言葉をかわすことができて、わたしはほっとしていた。

いつのまにか外が大雨になっていた。建物内にいると雨粒の地面をたたく音も聞こえなかったが、階段そばの窓から外の様子が見わたせた。バイパスにならんでいる店や看板が、雨にけぶってかすんでいた。正面玄関の前をとおりすぎるとき、傘を入れるためのビニールが、店員の手によって用意されていた。肩をぬらした客たちが、傘をたたんで水滴をはらっていた。

地下一階はレストランフロアで、洋食屋や回転寿司や蕎麦《そば》屋の店舗がはいっていた。わたしたちがいつも利用するのは、学校の食堂みたいにテーブルと椅子がならんでいるフードコートだ。子どもづれの親子や年輩の買い物客が、焼きそばやうどんを買ってきて丸いテーブルで食べていた。土曜日のお昼時だったので混んでいた。いつもならすみっこのテーブルにすわるのだが、今日は空いている席がかぎられていた。

土田さんがうどんを、松代さんがアイスを、わたしが今川焼《いまがわや》きをたべていると、となりのテーブルに四人組の男の子がすわった。同い年くらいの、見知らぬ男の子たちである。

わたしたちは三人とも同い年くらいの男の子が、一番、苦手だった。松代さんや土田さんは昔からそうだったらしいので緊張の度合いが強い。わたしはブスメイクをするようになって、男の子の態度の豹変《ひょうへん》ぶりを見るうちに、いつのまにかそうなっていた。

フードコートにいる大勢の人のざわめきや、食器の音であたりはそうぞうしかった。となりのテーブルの会話が意識にはいってきたのは、しっている名前が登場したからだろう。

「寛太のやつ、ぜってえ嘘ついてるぜ」

男の子たちのひとりが、そんな発言をした。

わたしは食事をしながら、無言で松代さんや土田さんと目配せした。ふたりにも聞こえたようだった。

男の子たちは会話をつづけた。

「じゃあよお、なんで今日はOKだったんだ?　ずっといやがってたんだろ?」

「いい加減、覚悟《かくご》きめたんだろ。嘘ついてましたって、頭下げるのを」

自分の食べている今川焼きから、急に味がきえた。一週間前、マクドナルドで山本寛太から聞いた話をおもいだした。サティであった中学時代の知人に嘘をついたという話だ。

男の子四人組は、山本寛太の身長が中学時代からまったくのびていないことをネタにしてわらったあと、昨晩のテレビ番組の話をはじめた。

メガネと前髪のすきまから松代さんを見た。彼女は人差し指で頬をかきながら、男の子たちとは反対の方を見ている。土田さんはわりばしでうどんをすすりながら、こまったような目で、ちらちらとわたしを見ている。わたしは今川焼きの断片を、すこしずつ口にはこんだ。

「そろそろ行くか」

四人は立ち上がり、エスカレーターの方にむかいかけた。フードコートはセルフサービスなので、つかった食器は所定の場所にもどさないといけないのに、彼らはジュースのコップをテーブルに置きっぱなしだ。すわっている土田さんの後ろを、男の子のひとりが通りぬけようとする。

「どけよ、ブス」

彼はそう言って椅子をけった。土田さんは椅子を前にひいて、小声で「すみません」とあやまった。心がひえるような瞬間だった。中学時代の先輩とおなじ台詞《せりふ》だ。土田さんはあおざめたような顔で、空になったどんぶりの底をじっと見つめていた。彼らがいなくなってからも、わたしたちの間には重い空気がのこった。

「さっきの人たち、山本くんの友だちかな?」

松代さんがつぶやいた。わたしは立ち上がると、ふたりから距離をとって、柱のかげで携帯電話をとりだした。山本寛太の電話番号は教わっている。メールのやりとりはしたことあるが、電話するのははじめてだ。

「よう、さっきは邪魔したな」

彼の第一声はそれだった。背後に騒々しい電子音がながれていた。どうやら三階のゲームコーナーにいるらしい。

「まだ慎平くんといっしょ?」

「おまえ、声は小梅ちゃんにそっくりなんだよな」

わたしは、山本寛太のしりあいだとおもわれる男の子たちが、すぐとなりで彼のことを話題にしていたことを説明した。

「変なこと言ってなかったか、あいつら」

「あなたが嘘つきだって。妹に話したこと、本当だったんだね」

「今日、俺の彼女にあわせてやる約束なんだ。もちろん、そんなのはいないけど。嘘ついたことをあやまるんだ。小梅ちゃんにも言われたしな、正直にあやまれって」

「でも、なんだか、いやな人たちだったよ、あなたの中学時代の友だちって」

「友だちじゃねえよ。知人だ。じゃあ、そろそろ電話、きるからな」

「まって」

「おい、柚木、これはおまえに関係ないことだぞ」

電話は一方的に切られて、またかけなおしてみたけれどつながる気配はなかった。わたしはしかたなく、松代さんと土田さんのいるテーブルにもどった。

本当のことを話せと彼に言ったのは自分だ。山本寛太は反省しなくてはいけない。これは彼がひきおこしたことなのだから。頭ではそれがわかっていた。しかし、さきほどの男の子たちに彼があやまったり、馬鹿にされたりするのがいやだった。山本寛太としたしくなってしまったから、そうおもうのだろう。

松代さんと土田さんが、眉を八の字にして、いかにもこまったようにわたしを見ていた。

「山本くん、くだらない嘘、ついちゃったみたいでさ……。彼女なんていないのに、いるって言い張って……」

さきほど電話で話したことを、彼女たちに説明した。頭の中では、べつのことをかんがえていた。彼をたすける方法がひとつだけあった。

かんたんなことだ。いますぐ立ち上がり、化粧を落とし、わたしが三階のゲームコーナーにむかえばいい。小梅になりすまして、彼女のふりをするのだ。

「それで、さっきまでとなりにいたのが、山本くんの中学時代のしりあいらしくって……」

松代さんと土田さんに、どのような言い訳をして、立ち上がればいいのだろう。

「トイレに行ってくる」とふたりに言いのこし、メイクを落として山本寛太たちのいるところにかけつける。再びもどってくるまで、どれくらいの時間が必要だろう。ふたりと合流する前に、またブスメイクをしなくてはいけない。「ちょっと用事をおもいだしたから帰るね」と言ってふたりとわかれるのは、唐突《とうとつ》だろうか。

素顔で彼のもとにかけつけるわたしを、松代さんや土田さんが目撃してしまうという状況もかんがえられる。身につけている服はおなじだ。わたしがブスメイクで、ふたりに嘘をついていたのだということがばれてしまうにちがいない。そうなったら、きっと、彼女たちはわたしの前から去っていくにちがいない。中学時代の親友のように。

「あなたなんか嫌いだった。死ねよって、いつもおもってた」

彼女の言葉をおもいだす。彼女は廊下にいたほかの女子と合流し、たのしそうに話をしながらとおざかっていった。夕暮れの教室に、わたしは取りのこされた。あれがまた起こるのだろうか。

気づくと、わたしは口をつぐんでだまっていた。山本寛太との電話のやりとりを、どこまでふたりに説明したのかわからなかった。赤ん坊の泣き声や、おばさんたちの会話する声が聞こえる。食器が音をたてる。ブザーが鳴りひびく。あたりは騒々しかった。松代さんと土田さんは、さきほどとまったく同じ表情のままでわたしを見ていた。わたしは、うつむいて、泣きたくなった。

「……山本くん、柚木に彼女のふりをたのもうと、ちかづいてたんだね」

松代さんが言った。

「最近、やけに柚木に話しかけてるなっておもってたけど……」

土田さんがうなずいていた。

「ちがうよ、わたしじゃない、妹に……」

「妹?」

ふたりが声をあわせた。

「試験でいい点がとれたら、妹にあわせるってことになってたの。妹は、顔がととのってて……」

「でも、それ、柚木のことでしょう？」

松代さんがわたしをじっと見つめた。意味がわからなくて、返事ができなかった。

松代さんと土田さんが、目くばせして、わたしにはわからない意思の疎通をした。土田さんがいずまいをただして、言いにくそうにしながら口をひらいた。

「ねえ、しってたよ、化粧のこと」

松代さんが長い腕をのばし、わたしの顔にかかっているメガネをうばった。

「やっぱり。すっごい綺麗な目」

「まつげも長い」

ふたりが口々に言った。

「どうして？　いつから？」

混乱した頭で、二人に聞いた。

「わりと最初のほうかな。よく見ると柚木の顔って、ととのってるなって、ふたりで話してたんだ」と松代さん。

「柚木、よくトイレに行くよね。化粧なおしてたんだよね」と土田さん。

「ぜんぶ、気づいてたの？」

「うん」

「そのほっぺたも、あやしいな。なんか、詰めてる？」

「脱脂綿を、すこし」

「あんた、とんでもない馬鹿だったんだね」

素顔をかくして生活しているのは、きっと柚木なりの理由があるからにちがいない。そのことにふれられたくはないだろうから、知らないふりをしていよう。ふたりはそのように話しあって、そっとしておくことにしたという。すべてしっていて、彼女たちはわたしとつきあっていたのだ。わたしのほうから真実について話しはじめるのを、彼女たちはまっていたらしい。

「ねえ、山本くんのとこに行ってきなよ」

「そうだよ、時間がないよ」

「その化粧を落として、駆けつけるかどうか、まよってるんじゃない？」

松代さんと土田さんが交互に言って、無理矢理、わたしの腕をつかんでたちあがらせた。正直なところ、わたしはまだ、おどろきからさめていなかった。

「柚木！」

松代さんがそう言って、とりあげていたメガネをわたしの顔にかけた。視界がクリアに見えて、何をするべきか、急におもいだした。

「うん、ちょっと、行ってくる」

わたしはうなずくと、鞄をつかんで、走り出した。

「柚木、これ、あたし食べてもいい？」

つめたくなった食べかけの今川焼きをゆびさして土田さんが言った。

「いいよ！　ねえ、これからも友だちでいてくれる？」

わたしが聞くと、ふたりは声をそろえて「当然でしょ」と言った。

鏡の前で、脱脂綿のきれはしを口から出す。コンタクトレンズを装着し、ホクロを洗い落とす。

鏡の中にあらわれた顔は、学校にいるときの春日井柚木ではない。母のわかいころの写真にそっくりだ。

どちらが自分の顔なのかわからなくなる、などということはまだない。この顔のときも、ブスメイクをしているときも、わたしはわたしだ。目立つことなく、平凡に日々をすごすのが好きな、春日井柚木である。

変化するのは、周囲の人の態度だ。こちらが顔を変えれば、オセロみたいに相手の態度もうらがえっていく。全員がそうだ。そうおもいこんで、人間不信になっていた。

でも、変わらない相手もいる。わたしがどんな顔だろうと、はなれていかない人もいるのだ。そう気づいただけで、なにか信じられるようなきもちになる。

わたしはいつかブスメイクをやめるだろう。最初は近しい人の前でだけかもしれない。たぶん、もっと人が信じられるようになったとき、わたしは素顔になる。

髪型をととのえて、鏡の中の自分をながめた。悪くない。

わたしは女子トイレを出ると、三階のゲームコーナーにむかって走り出した。

5

雨は二時間ほどでやんだ。サティを後にするころ、雲間から青空が見えていた。自宅にむかうバスの窓から、虹が見えてきれいだった。

それから数時間後、すっかりあたりは暗くなっていて、ぬれたアスファルトの道に、街灯の白い光がうつりこんでいた。雨粒にうたれてちった落ち葉は、ふむとすべりそうだったので、気をつけてあるいた。おもいのほか、外はさむかった。もう一枚、はおってくればよかったなと後悔した。

わたしは携帯電話を片手に家を出て近所の公園にむかった。公園はわたしの自宅から百メートルほどの距離にあった。おどろくほどちいさな敷地には、ブランコと、バネじかけでゆれる赤い象と青い牛しか遊具がない。二年前に引っ越してきたとき、休日にはここのベンチで読書しよう、とおもっていた。でも結局、この公園であそぶことはなく、いつも前を素通りするだけだった。

ブランコのそばに山本寛太が立っていた。ポールにもたれかかり、ポケットに両手をつっこんで地面を見ていた。あいかわらず身長は低いけれど、わたしもにたようなチビなので気にならない。彼の姿が視界にはいった瞬間、わたしはおそれを感じた。このまま回れ右してにげだしたくなった。でも、いつか通過しなくてはいけないことなのだと、勇気をかきあつめて、わたしはその場にふみとどまった。

山本寛太から電話がかかってきたのは、帰宅してくつろいでいたときだ。

「柚木、話したいことがある。今から会おうぜ」

最初のうち、彼にあうのをことわった。サティでブスメイクを落として以来、素顔ですごしていた。春日井柚木として会うためには、再度、化粧しなくてはいけない。

それは面倒だ。わたしは電話で、風邪気味だからとか、見たいテレビ番組があるからとか、いろいろな理由を口にしたのだが、彼はひかなかった。

「どうしても今のうちに言っておきたいことがある。もちろん、今日のことだ。近所の公園に来い。今、俺、そこにいるんだ」

彼の声は真剣だった。わたしは鏡を見て、決意をかためると、素顔のままで外出することにした。

松代さんや土田さんには、わたしの化粧のことがすっかりばれていたのだ。山本寛太と今後も友人づきあいをするようなら、今のうちにブスメイクのことを白状しておいたほうがいいとおもった。こういうことは、彼が知人についていた嘘とおなじように、告白の時機をのがすとやっかいなことになる。

公園の入り口に水たまりがあった。それをまたいで、ぬかるんだ地面に靴跡をつけながら、ブランコのそばの山本寛太にちかづいた。彼に我が家の住所をおしえた記憶がなかった。なぜ彼が近所の公園にいるのかふしぎである。わたしに気づくと、彼は顔をあげた。昼間に見たときとおなじ、やたらポケットのおおい服だった。

「あれ？　小梅ちゃん？」

予想通りの反応だ。ふいをつかれたように彼はおどろいていた。わたしは腕組みして質問した。

「どうしてあなたが、うちの近所にいるのよ」

口調や声の出し方は、学校で彼と接するときの、春日井柚木のままである。これが本当のわたしの話し方だ。

「同級生の女の子に聞いたんですよ。柚木さんの友だちの、松代さんって人に。それより、お姉さんは？」

山本寛太は、こまったように頭をかいた。

わたしは深呼吸して、彼の顔をまっすぐに見た。

「目の前にいるでしょ？」

雨のあとの、夜の空気は、ひんやりとしていた。さむさで、腕がふるえだしそうだ。数秒間、わたしたちは無言で見つめあった。決定的なことをわたしは口にした。もうあともどりはできない。そうおもっていたのに、山本寛太は、意味がわかっていない様子だった。

「小梅ちゃん、冗談やめてよ。そうか、あいつ、風邪気味で外に出られないって言ってたな。それにテレビも見たいって」

「いや、冗談なんかじゃなくて……」

わたしはずっこけてしまいそうになった。さっきの一言で、彼の前から小梅という存在は消え去ってしまう予定だったのに、山本寛太は想像以上の鈍感《どんかん》男だった。

「柚木のやつ、家を出たくないものだから、かわりに小梅ちゃんをよこしたわけだ、なるほどね」

「どっから話せばいいのかなー。こまったなー」

今度はわたしが頭をかいた。

「まあいいや。小梅ちゃん、さっきはありがとう」

彼はあらためて頭をさげた。

「あいつらのおどろいた顔といったら、柚木にも見せたかったぜ」

数時間前のことだ。まだサティの外では雨がふりつづいていた。三階ゲームコーナーのＵＦＯキャッチャー前でわたしは彼らに合流した。慎平くんがわたしを見て「おねえちゃん！」とさけび、山本寛太はすぐに状況を理解してわたしと口裏をあわせた。

「姉に電話でたのまれて、たまたまこの近所にいたから、かけつけてきたんです」

わたしは小声で彼に説明した。わたしたちは上手につきあっているふりができたとおもう。

「きみの姉さんに礼を言いたいんだ。おかげでたすかったって」

山本寛太は服の袖でブランコをふいてこしかけた。鎖《くさり》に水滴がついており、きらきらと光っていた。空気中のちりやほこりが雨にながされて視界がすみわたってい
る。住宅地のはざまにある夜の公園は、照明にてらされた水槽のようだった。

「ねえ、妹パワーで柚木を呼んできてもらえないかな?」

いい加減に気づけよ、とわたしはあきれた。

「だから、あなたの目の前にいるのがね……」

話の途中で、彼が言葉をはさむ。

「だいたい、きみの姉さんは、つきあいづらいんだよな。男がきらいなのかな。態度がそっけなくて、ちっとも顔をあわせようとしない」

「はいはい、ごめんなさい。でも、ちょっとだけわたしの話を聞いて」

「メガネはあってないし、しもぶくれ顔だし……」

このまま帰ってしまおうか。

「まあ、ちょっとここにすわりなよ、小梅ちゃん」

山本寛太は、おなじようにとなりのブランコをふいてすすめてきた。わたしのため息は白くなって、すぐに消えた。したがうのは癪《しゃく》だったけど、ブランコにこしかけ

て、すこしの間、ゆれてみた。ひさしくわすれていた浮遊《ふゆう》感だ。

「きみには正直に話そう。俺、学校できみのお姉さんと、割となかが良かったんだよね。試験前に、勉強をおそわってたんだよ」

わたしはブランコの鎖をにぎりしめた。いつもにくらべて彼の横顔が大人びていたせいだ。急にふたりでいるのがはずかしくなってきた。

「図書室で、俺が勉強してる横でさ、柚木が文庫本なんか読んでるわけ」

一ヶ月もたっていないのに、ずいぶん昔のことのような気がした。

「白状すると、最初のうちは小梅ちゃんのことが好きだったんだけどな。でも、最近になって、ふとおもいなおしてみると、いつからか、きみのことをダシにつかって柚木に話しかけてたような気がするんだよな」

ふうん、そうなのか、とわたしはうなずいた。葉っぱをおとした木の枝に無数の雨粒がならんでいた。街灯のあかりをうけて、光の粒が実っているようにも見えた。それをながめながら、今、彼はなんて言った？　とおもいはじめた。

「たしかに、あいつは小梅ちゃんみたいな美少女ってわけではない。でも、なんか、気軽にずけずけと言いあえる感じがあってね。それに今日のこともある。あいつがきみに連絡してくれたから、俺はたすかった。今日の一件で確信した。柚木は情が深いやつだ。教師だって見放すような俺の勉強に、あいつはつきあってくれたんだぜ。面倒くさそうにしてたけど、俺のとなりにすわってくれてたんだ。つまり、まあ、俺は柚木のことが好きなんだ。あいつとのやりとりを、家で思い出してると、ここのところがぎゅっとしめつけられたみたいに？　なるっていうか？」

山本寛太は、みぞおちのあたりをなでた。

「今晩、それを言おうとおもってここまで来たんだけどさ。また別の機会にするか。小梅ちゃん、このことは秘密にしといてくれ。俺が直接、あいつに言いたいからな」

目の前にいるわたしが春日井柚木であることをしっているのではないか。しらないふりをして、ひねりのきいた告白をしているのではないか。

しかし彼は、本心からなにもわかっていない様子である。

いつもどおりの様子で、わたしを不思議そうにながめて、首をかしげていた。

「どうしたの？　顔、まっ赤だぜ？」

「……ちょっと、熱が」

「また柚木から風邪をうつされたんじゃない？」

「あ、そうかも、しれませんね……」

自分でもわざとらしいとおもいながら、ゴホゴホと咳をした。あまりのはずかしさから、ここはひとまず、しらばっくれようと決めた。これがわたしの本当の顔なのだと白状するのは、また別の機会にしよう。今は声色をすこし高めにして、例のかわいらしい妹を演じよう。

親友の言葉をおもいだした。

あなたのことを好きになる人なんていない。

あなたにちかづく人は、あなたの顔が好きなだけで、あなた自身にはこれっぽっちも興味がないんだからね。

その言葉は呪いみたいにわたしの心をしばっていた。

ついさっきまで。

「くるしいの？」

彼は、涙目のわたしを見て、よけいに心配そうな顔をしていた。

やっぱり、今は無理だ。はずかしすぎる。

今日のところはまだ、自分は小梅ってことにしておこう。

解説　ソーダ水の魅惑

ライター　瀧《たき》井《い》朝《あさ》世《よ》

中田永一《なかたえいいち》氏の名前を知ったのは二〇〇五年、恋愛アンソロジー『I LOVE YOU』（現・祥伝社文庫）の単行本が刊行された時だった。本書の表題作でもある「百瀬《ももせ》、こっちを向いて。」が収録されており、読んですぐ、こんな達者なストーリーテラーがいることを今まで知らなかった、と恥じ入った。

しかし広告にあった著者陣の集合写真を見て、首をひねった。六名参加しているはずが五名しか写っていない。他は顔を知っている作家ばかりなので、中田氏だけが写っていないことはすぐ分かった。そして知ったのだ、彼が覆面《ふくめん》作家だということを。さまざまな噂《うわさ》が飛び交っているが、現在もなおその素顔は明かされていない。でもまあ、ご本人が隠していることを無理やり詮索《せんさく》するのは野暮《やぼ》というもの。正体がどうであれ、作家・中田永一氏が恋愛短編の名手であることには変わりがないのだし。

さて、本書は中田氏の初の単独著作の単行本デビュー作であり、初の文庫化作品である。収録されているのは四作品。

表題作では、命の恩人である先輩から偽装《ぎそう》カップルを頼まれた少年が、はからずも相手の百瀬という少女に惹《ひ》かれていく。「なみうちぎわ」では、海での事故から五年間も意識のなかった少女が目覚め、かつてずっと面倒を見ていた年下の少年との関係の変化にある思いを抱く。「キャベツ畑に彼の声」では、覆面作家の正体が思いを寄せる教師だと気付いた少女が彼に近づくものの、別の女性の存在が浮かびあがる。「小梅が通る」の主人公は誰もが振り向く美少女。そのせいで数々の痛い目にあってきたため、あえて醜《みにく》く見せる化粧を施《ほどこ》し人目につかぬように生きている。偶然素顔を見られた同級生の男の子に「あれは妹だ」と嘘をついたことから始まる奇妙な交流が描かれていく。

どれも若い世代の淡い恋愛感情の芽生《めば》えを描き、繊細《せんさい》ながらもユーモラスで、叙《じょ》情《じょう》的でありながらコミカル。ぎゅっと抱きしめたくなるような、愛おしい作品ばかりだ。主人公たちはみな、あえて自ら恋愛から遠い場所に身を置いている少年少女たち。そんな彼らが、内にきざした思いと、どう向き合っていくのかを追っていく。四編のテイストをひと言で表せと言われたならば、使い古されてはいるけれどやはり「切ない」という言葉を使いたくなってしまう。ただ、胸をキューンとさせながらも、その味わいはチョコレートのようなベタ甘ではなく、ソーダ水のような、ちょっぴり刺激のある、爽やかな甘味なのである。

ではソーダ水たる理由はどこにあるのか。そこを考えていくことが本作の魅力を解き明かすことになるのではないか。ということで順に挙げていってみよう。

まず、主人公たちの奥ゆかしさ。彼らのほとんどは、自分が地味な存在であると認識し、それ以上目立たないように気を使って生きている。傷つくことを恐れている弱さのあらわれ、過剰《かじょう》な自虐《じぎゃく》ともとれなくはないが、彼らの生真面目な語り口調からは、ただひたすら不器用で愚直《ぐちょく》な人柄が伝わってくる。それが時に滑稽《こっけい》でもあり、甘さとはまったく異なる痛々しさにもつながってくる。

次に、恋愛小説ではあるけれど、みな思いを寄せる相手との二人きりの閉ざされた空間にはいない、ということ。どの短編も脇役が血の通った人間として描かれている。例えば表題作ではヒロインの百瀬の鼻っ柱の強さもチャーミングだが、主人公・相原《あいはら》の命の恩人でもある先輩、宮崎《みやざき》の計画的、利益追求型の人生観、その恋人であり高校で一番の美人でありながら、ひかえ目な神林徹子《かんばやしてつこ》の秘めた思いが強烈に印象に残る。そして私は、実はこの短編のヒーローは、相原の友人であり彼に負けないくらい朴訥《ぼくとつ》な男の子、田辺《たなべ》じゃないかと思っている。彼が真相を打ち明けた相原に告げるひと言が、どれほどぐっとくることか。もうひとつ忘れがたい脇役の例を挙げるならば、やはり「小梅が通る」の主人公・柚木《ゆずき》の友人である少女、土田《つちだ》さんと松代《まつしろ》さん。地味キャラを象徴するような二人だが、柚木が彼女たちを傷つけたくないと思いやっている分、二人も同じ思いを抱いていることが明かされるシーンは、かなりジンとくるのである。

三つ目は、これがかなり重要なポイントになるのだが、ミステリ的な仕掛けの存在。どれもひねりが利《き》いていたり、現実にはありえないような設定自体がトリッキーで楽しいが、それに加えて（「小梅が通る」のほかは）終盤で意外な事実が明かされる、という展開が待っている。もちろん「そうだったのか！」という驚きが味わえるのも醍醐味《だいごみ》だが、そこからさらに、その謎に関わる人物がどんな痛みを抱えて生きてきたか、あるいはそれによってどんな誤解が生じていたかを思う時、人生の皮肉や哀しさを感じずにはいられない。

四つ目。どれも決してミラクルなサクセスストーリーでない、ということ。主人公たちがいきなりみんなの人気者になったり、大逆転劇で意中の相手との大恋愛が始まったり、なんていう結末にはならないのである。それぞれが人生のほろ苦さを抱きつつ、ちょっぴり前へ進んでいく。この変化の描き方の絶妙さといったら。だからこそ、読み手は彼らを愛おしく思い続けることができるのである。そしてほのかに匂わせてくれる今後への予感に、心穏やかな気持ちになれるのだ。

蛇足で五つ目。文章を目で追ううちに感じた方も多いと思うが、この著者の漢字とひらがなの使い方は非常に特徴的だ。通常であれば漢字で表記しそうな単語もひらがなで綴《つづ》っている。最初の一ページ目の一、二行目を見ただけでも「ひかえて」「すこし」「もどる」「おりて」「たつ」「ふるえた」「むかう」「あう」……。いずれも漢字表記にしても、どんなに若い読者だって読むに困らないはず。ただ、ひらがなを多用することによって、どこか柔らかさが生まれると同時に、語り手の実直さ、どこか淡々《たんたん》とした性格まで伝わってこないだろうか。いうなれば、恋愛小説でありながらも、熱しすぎず、一定の低めの温度が保たれているのである。

これらの要素があるからこそ、本書は甘すぎる恋愛小説は苦手という読者も引き込む魅力、思春期を過ぎた大人でも十二分に味わえる心地《ここち》よさを持っているといえる。

恋をするということは、時に苦しく辛《つら》い思いをしなければいけない。それまでの人生においても挫折《ざせつ》感を抱き、恋愛に臆病《おくびょう》だった主人公らは、誰かを好きになることでさらに苦しむことになる。しかしそれでも最後には、たとえハッピーエンドと言いきれなくとも、恋に、人生に、肯定《こうてい》的な気持ちを抱くようになる。その幸福感がささやかであればあるほど、読み手も素直に彼らの前向きな気持ちを実感できるのだ。まさにソーダ水を飲んだ時のようなこの爽快感は、クセになるというものだ。

現在、中田氏のほかの著作には、二〇〇九年に刊行された小説集『吉祥寺の朝日奈くん』(祥伝社)がある。こちらは交換日記に綴られた文章だけで構成された「交換日記はじめました!」など、著者の技が冴え渡る五編の恋愛短編が収録されている。本書の中田永一風〝胸キュン〟に魅せられた読者に、自信を持ってお薦めできる一冊なので、ぜひ。

本書は二〇〇八年五月、小社より四六判で刊行されたものです。

初出

「百瀬、こっちを向いて。」（恋愛小説アンソロジー『I LOVE YOU』二〇〇五年）
「なみうちぎわ」（恋愛小説アンソロジー『LOVE or LIKE』二〇〇六年）
「キャベツ畑に彼の声」（恋愛小説誌『Feel Love Vol.2』二〇〇七年）
「小梅が通る」（書下ろし）

（いずれも小社刊）

百瀬、こっちを向いて。

一〇〇字書評

切・り・取・り・線

購買動機（新聞、雑誌名を記入するか、あるいは○をつけてください）					
□（　　　　）の広告を見て					
□（　　　　）の書評を見て					
□ 知人のすすめで			□ タイトルに惹かれて		
□ カバーが良かったから			□ 内容が面白そうだから		
□ 好きな作家だから			□ 好きな分野の本だから		
・最近、最も感銘を受けた作品名をお書き下さい					
・あなたのお好きな作家名をお書き下さい					
・その他、ご要望がありましたらお書き下さい					
住所	〒				
氏名		職業		年齢	
Eメール	※携帯には配信できません		新刊情報等のメール配信を 希望する・しない		

この本の感想を、編集部までお寄せいただけたらありがたく存じます。今後の企画の参考にさせていただきます。Eメールでも結構です。

いただいた「一〇〇字書評」は、新聞・雑誌等に紹介させていただくことがあります。その場合はお礼として特製図書カードを差し上げます。

前ページの原稿用紙に書評をお書きの上、切り取り、左記までお送り下さい。宛先の住所は不要です。

なお、ご記入いただいたお名前、ご住所等は、書評紹介の事前了解、謝礼のお届けのためだけに利用し、そのほかの目的のために利用することはありません。

〒一〇一‐八七〇一
祥伝社文庫編集長　坂口芳和
電話　〇三（三二六五）二〇八〇

祥伝社ホームページの「ブックレビュー」からも、書き込めます。
www.shodensha.co.jp/bookreview

祥伝社文庫

百瀬《ももせ》、こっちを向《む》いて。

平成22年9月5日　初版第1刷発行
令和3年1月30日　第35刷発行

著者　中田永一《なかたえいいち》

発行者　辻　浩明

発行所　祥伝社《しょうでんしゃ》
東京都千代田区神田神保町3-3
〒101-8701
電話　03（3265）2081（販売部）
電話　03（3265）2080（編集部）
電話　03（3265）3622（業務部）
www.shodensha.co.jp

印刷所　萩原印刷
製本所　ナショナル製本

 ISBN978-4-396-33608-0 C0193

祥伝社文庫の好評既刊

中田永一
吉祥寺の朝日奈くん
彼女の名前は、上から読んでも下から読んでも、山田真野《ヤマダマヤ》……。愛の永続性を祈る心情の瑞々しさが胸を打つ感動作。

三浦しをん
木暮荘《こぐれそう》物語
小田急線・世田谷代田《せたがやだいた》駅から徒歩五分、築ウン十年。ぼろアパートを舞台に贈る、愛とつながりの物語。

原田マハ
でーれーガールズ
漫画好きで内気な鮎子《あゆこ》、美人で勝気な武《たけ》美《み》。三〇年ぶりに再会した二人の、でーれー（＝ものすごく）熱い友情物語。

はらだみずき
たとえば、すぐりとおれの恋
保育士のすぐりと新米営業マン草介《そうすけ》。すれ違いながらも成長する恋の行方を、二人の視点から追いかけた瑞々しい恋物語。

伊坂幸太郎
陽気なギャングが地球を回す
史上最強の天才強盗四人組大奮戦！　映画化され話題を呼んだロマンチック・エンターテインメント。

森見登美彦
新釈　走れメロス　他四篇
お馴染みの名篇が全く新しく生まれ変わった！　馬鹿馬鹿しくも美しい、青春の求道《ぐどう》者たちの行き着く末は？